칼사비나 중단편선

# 흑사(黑蛇)

제 목 | 흑사(黑蛇)

발 행 | 2022년 9월 1일

저 자 | Kalsavina(칼사비나)

펴낸이 | 한건희

펴낸곳 | 주식회사 부크크

출판사등록 | 2014.07.15(제2014-16호)

주 소 | 서울특별시 금천구 가산디지털1로 119 SK
트윈타워 A동 305호

전 화 | 1670-8316

이메일 | info@bookk.co.kr

ISBN | 979-11-372-9385-4

www.bookk.co.kr

# 차례

세상의 깊은 어둠 속에서
몸부림치는 모든 사람들에게

# 래셔널 다우트(Rational Doubt)

합리적 의심

1

"동석이, 외제차 뽑았다매?"

담배를 피워 문 남 과장이 내게도 한 개피를
건네며 그렇게 물었을 때, 나는 휴대폰으로
부지런히 여동생에게 문자를 보내고 있었다.
돈 좀 빌려달라는 문자였다.

 -카드 없어?

 -현금이 있어야 해서. 알잖아. 나 현금 거지
인 거.

주차장 모퉁이를 따라 설치해놓은 화단 뒤로
커피숍과 이어진 작은 공터에, 이웃 커피숍에

서 쓰다 폐기처분한 의자와 탁자를 임시로 빌어 가져다 놓은 자리가 우리 사무실 직원들의 흡연구역이었다. 기작은 관상용 나무 몇 개로 급조한 화단 덕에 사각지대가 형성되어 지나가는 사람들의 눈에 쉽게 띄지 않는 장소였다. 덕분에 코로나 시국에도 여기 숨어 있다 보면 잠깐씩이나마 마스크를 벗고 담배를 피우는 게 가능했다. 단, 화단 곁을 스쳐가는 행인들의 눈에 띄지 않게 조심하면서.

"못 보셨어요? 오늘 몰고 왔던데요."

"아, 그럼 그 차가 동석이 차였어? 9849?"

"네."

"하, 씨바 부럽네."

남 과장의 폐로 들어갔다가 코를 통해 다시 뿜어져나오는 담배 연기가 여느 때보다 더욱 탁하게 느껴졌다. 농도 짙은 질투가 뒤섞인 탓이리라. 직급은 과장이라고 하지만, 바로 아래 부하직원인 나보다 불과 세 살 더 많았다.

"넌, 안 부럽냐?"

"부럽죠."

대답은 무심하게 했지만, 사실은 이미 부러워하기에도 지친 상태였다.

회사를 취미로 다녀도 될 만큼 집이 잘 사는 편이라는 소문은 있었지만, 딱히 그런 티를 내고 다니지는 않아서 그 부분에 대해서는 별로 부러워할 빌미가 없었다. 다만 꽤나 인물이 좋아서 여자들에게 인기가 많았고, 얼마 전 회사로 찾아와 인사했던 여자 친구도 꽤나 내 타입이라 그게 부러웠던 것이다. 딱히 직급이 의미없는 세무사 사무실인데다 나이도 업무도 비슷하다 보니 노상 녀석과 비교당해야 하는 고달픔이 있었지만, 부러워해본들 내가 할 수 있는 일이 뭐가 있었겠는가.

그런데 얼마 전, 비트코인으로 큰 돈을 벌었다는 소문이 돌더니 그 소문이 사실임을 입증이라도 하듯 떡하니 외제차를 몰고 나타난 것이다. 비트코인으로 벼락횡재했다는 소문이 그닥 신빙성있게 들리지 않았지만, 어떤 형태로든 간에 횡재수가 있었던 것은 분명했다. 저만치에서 이쪽을 향해 걸어오는 사람의 그림자가 비치자 남과장은 나직한 목소리로 욕을 씨부리며 팽개쳤던 마스크를 주워들어 집어썼다.

"빌어먹을 답답한 마스크. 살아 생전 내던지는 날이 있기는 할까나."

"향후 3년간은 힘들 거라고 하던데요."

"그나저나 궁금하네. 동석이 놈, 난데없이 포르쉐라니. 무슨 돈이 이렇게 생긴 건지."

"비트 코인으로 벌었다잖아요."

"씨바 너 그 말을 믿냐? 가서 좀 물어봐. 너 동석이랑 안 친해?"

"안 친해요."

간단히 잘라 대답하자 남 과장이 너털웃음을 지었다.

"허허, 대답에서 아주 그냥, 질투가 뭉게뭉게 뿜어져 나와."

그건 내가 할 소리다 이 자식아, 라고 대답하고 싶은 것을 가까스로 참았다.

"그 자식, 내가 그냥 안 둬."

"네?"

"동석이 그거, 내가 그냥 안 둘 거라고."

"왜 그러세요. 갑자기? 동석이가 뭘 어쨌는 데요?"

"지난 번에, 그 거래처 중에 B업체, 중간 보고 들어간 거 있었잖아. 일처리 개판으로 해 놔서 하마터면 우리 다 물먹을 뻔한 거."

"아, 그거요? 왜요?"

"지은이가 잘못한 건 줄 알고 우리 다 지은이 몰아붙였잖아? 그 덕에 걔 마음고생 하느라 아파서 병원신세 지고. 근데 알고 봤더니 그거, 동석이 작품이었어. 그 자식이 일 개판 쳐놓고 지은이한테 뒷수습 맡긴 거라고."

"근데 유 대리가 왜 동석이 실수를 대신 뒤집어썼대요?"

"동석이가 하도 간곡하게 부탁해서 그냥 덮었대. 내 생각에는, 뭐 커피숍 쿠폰이나 상품권 같은 걸로 무마했지 싶어."

"하, 참. 그렇다고 덮어줄 게 따로 있지, 그런 걸 덮어줘요?"

"내 말이. 그 뿐인 줄 알아? 허구헌날 뺀질거리면서 웃는 얼굴로 지가 할 일 이 사람 저 사람한테 떠넘기고. 하 그런 놈이 주제에 외제차를 뽑으셨어? 세상 불공평해."

여동석이 재수없는 자식이라는 건 나도 안다. 하지만 녀석과 비교당하면서 내 자존심이 갖은 수모를 당하는 현실을 인정하는 순간 남는 것은 비참한 굴욕감이다. 그건 결국 내가 견뎌내야 할 또 다른 고난 하나가 추가되는 꼴이다. 내 앞에 놓인 현실은, 남 과장처럼 한

가하게 그 잘난 녀석이나 질투하며 허송세월
할 수 있을 만큼 녹록하지 않다.

세상 불공평한 게 이디 하루 이틀 일이라고.


2


그 동석이가 실종됐다.

들리는 소문에 따르면, 실수로 여자애 하나
를 잘못 건드렸는데 아직 민증발급을 안 받은
미성년자였다고 한다. 애들 부모한테 고소장
이 날아와서 경찰서로 출두했다는데, 그 다음
날 휴대폰을 꺼놓고 종적을 감춘 것이다. 당
연히 회사에서는 난리가 났고, 녀석이 해야
할 업무는 자연스럽게 지은이라는 이름으로
불리는 유 대리와 내가 떠안아야 할 몫이 되
고 말았다.

동석이가 해야 할 일을 대신 떠맡아 처리하
는 동안, 모종의 허탈감이 밀려드는 것을 어
쩔 수 없었다. 그 허탈감의 정체는 너무나 당
연하게도, 녀석을 향해 타오르던 불 같은 질
투가 허무하게 사그러지면서 밀려든 허탈감이

었다. 어떤 종류의 질투심은 인생을 지탱하는 원동력일 수도 있다는 것을 그때까지는 깨닫지 못했었다. 그리고 그런 질투심의 원천이 되는 존재 또한 인생에서는 필수불가결한 존재라는 것도.

동석이가 실종된 지 사흘째 되던 날, 결국 회사에서는 동석이를 무급휴가 처리하고 (아마도 길어지면 해고할 게 뻔했지만 일말의 의리 차원에서 그렇게 처리하기로 한 모양이다) 대표이사가 잘 아는 타 업체를 통해 급파된 직원이 동석이의 일을 대신 맡아 처리하기 시작했다.

동석이가 실종된 지 일주일쯤 된 어느 날, 남 과장이 나를 따로 불러냈다.

"동석이 어디 있어?"

"네?"

난데없이 날아든 대답에 나는 그만 어리둥절해져서 되물었다.

"동석이 어디 있냐고."

"그걸 왜 저한테 물어보시는 거예요."

"내가 다 봤어. 이 자식아."

"뭘 보셨는데요?"

"동석이 실종되기 전날, 너하고 동석이가 U 시티프라자 꼭대기층 올라가는 거 내가 다 봤다고."

"아, 그거요?"

"거기 꼭대기층 꽤 높지? 거기서 동석이 떠다민 거 아니야?"

"제가 걔를 거기서 떠밀었으면 바로 시체가 바닥에 떨어졌을 거고 경찰이 달려왔겠죠. 안 그런가요?"

"그러니까, 둘이 거기까지 올라간 건 맞는 거네?"

"보셨다면서요? 보셨으면 아셨을 거잖아요?"

"어, 그거는 발뺌 못 하네?"

"뭐 사실이긴 하니까요?"

"거기서 둘이서 뭐 했어?"

"담배 한 대씩 피우고, 얘기 좀 했죠."

꼭 형사 내지는 수사반장처럼 구는 남 과장의 태도가 몹시 비위에 거슬리는 것을 꾹 참고 나는 대답했다.

"무슨 얘기? 외제 차 무슨 돈으로 뽑았는가 하는 얘기?"

"그건 아니고요."

"네가 동석이 데리고 거기까지 간 거야?"

"아뇨. 동석이가 절 데리고 간 거죠."

"무슨 얘기 했는데?"

"돈 빌려달라고 하던데요?"

"뭐?"

"말 그대로요. 저한테 돈 빌려달라고 했어요."

"아니, 다른 사람도 아니고 천하의 여동석이 황태문 너한테 돈을 빌려? 월말만 되면 오피스텔 관리비를 못 내서 여동생한테 허구헌날 돈 꿔달라 전화하는 너한테?"

"네."

"얼마나?"

"한 삼천 정도요?"

"지 외제차 팔아서 마련하라 하지 그랬어?"

"자기 차 아니래요. 외삼촌 거래요."

"어이가 없네."

남 과장은 너털웃음을 지었다.

"그냥 그 얘기만 하고 내려온 거야? 그 뭐냐, 여자애랑 사고 쳐서 경찰서 간 얘기는 안 하고?"

"그 얘기도 했는데, 그거 누가 자길 무고한 거래요. 자긴 그 여자애랑 길에서 얼굴 한 번 마주친 적 없대요. 그런데 어떻게 입수했는지

자기 신분증하고 지갑을 가지고 있더래요. 그리고 자기 여자친구랑 가끔 갔던 모텔 이름을 귀신같이 대고. 빼박 걸려들었다고. 자기도 미치겠다고."

"합의금 때문에 빌리려고 했나 보네."

"그렇겠죠."

순간, 의혹으로 그득하던 남 과장의 안색이 슬쩍 변하는 것이 보였다. 그가 얼른 고개를 옆으로 돌리고 눈을 이리저리 굴리는 것이 보였다. 잠시 후 그는 착잡해 보이는 표정으로 다시 담뱃갑에서 담배 한 개피를 꺼냈다.

순간, 확신이 샘솟았다.

동석이를 함정에 빠뜨린 건, 남 과장이다. '내가 그 새끼 가만 안 둘 것'이라고 했던 남 과장의 말이 머릿속을 스치고 지나갔다. 그렇다. 남 과장이 아닌 다른 누가 동석이의 지갑과 신분증을 귀신같이 빼돌릴 수 있단 말인가. 어린 꽃뱀을 매수해 동석이를 사지로 몰아넣은 건 다른 어느 누구도 아닌 남 과장이다.

물증은 없지만, 심증은 백퍼 확실하다. 이런 걸 래셔널 다우트(Rational Doubt)라고 하던가. 합리적 의심.

3

"아무리 생각해봐도, 난 네가 동석이를 죽인 것 같단 말이야?"

동석이가 실종된 지 한달쯤 지난 어느 날, 여느 때와 다름없이 우리들의 흡연구역에서 담배를 피워물며 남과장이 말했다.

"무슨 근거로요? 그날 동석이랑 그 빌딩에 갔던 거 때문에요?"

그날, 내가 동석이와 U시티 플라자 옥상에 함께 올라간 것은 틀림없는 사실로 밝혀졌지만, 두어 시간이 흐른 후 다시 우리가 함께 엘리베이터를 타고 내려와 건물을 나가는 모습이 CCTV에 찍힌 시점에서 경찰은 더 이상 나를 추궁하지 못했다.

"그것도 그렇지만, 뭔가 느낌이 묘하게 그러네."

"하지만 증거가 없잖아요?"

생각보다 내가 억울해하거나 놀라서 펄쩍 뛰는 기색이 없어서였을까. 남 과장은 나를 빤

히 노려보았다. 다음 순간 남 과장의 입에서
엉뚱한 말이 불쑥 튀어나왔다.

"너, 동석이 가족이 그 꽃뱀을 무고죄로 고
소한 건 알고 있어?"

"그랬어요?"

"그 계집애가, 좀 세게 ·추궁하니까 겁이 났
는지 울면서 사실대로 불더란다. 자기도 모르
는 사람한테 신분증 지갑 돈 다 받고 사주받
고 한 거라고. 그런데 경찰 말로는, 그게 누
군지 도무지 알 길이 없다는 거야."

"과장님이시잖아요."

"뭐?"

"과장님이 그러신 거잖아요."

남 과장은 눈을 크게 부릅뜨고 나를 노려보
았다. 우리의 시선이 맞물린 순간은 극히 찰
나였지만, 동시에 영겁이나 다름없이 느껴지
는 찰나이기도 했다. 시간이라는 게 그렇다.
영겁이나 다름없는 찰나의 순간이 분명 존재
한다. 그렇다면, 찰나와도 같은 영겁의 시간
또한 없으라는 법이 없지 않을까.

"너, 증거 있어?"

"아뇨. 뭐, 래셔널 다우트(Rational Doubt),
같은 거요?"

"래셔널 다우트?"

"합리적인 의심요?"

"영어 쓰지 마 임마. 어따 대고 유식한 척 영어를 쓰고 있어 이게. 나 영어고자인 거 알면서."

"요즘 같은 글로벌 시대에. 이 정도는 기본이죠."

"너, 아무리 그래도 나 의심하는 데는 뭔가 근거가 있을 거 아냐?"

"음, 과장님이 먼저 절 의심하는 근거를 대시면 저도 그 근거의 타당성을 봐서 말씀드리도록 하죠."

"근거랄 게 뭐 있어. 그냥 네가 동석이 실종되기 전에 마지막으로 그 자식을 본 사람이란 거지."

"마찬가지에요. 동석이가 여자애 건으로 경찰서 가기 한 일주일 전쯤인가 술 댑따 취해서 과장님이 차로 데려다 주신 적 있잖아요."

그쯤에서 우리 두 사람은 입을 다물었다. 이윽고 휴대폰을 꺼내 시간을 확인한 남과장이 입을 열었다.

"점심시간 끝났다. 올라가자."

"네."

"저기, 그 합리적인 의심이라는 거 말이야."

"네."

"아무리 합리적이라고 해도, 정확한 물증이 안 나오면 구속수사 못하는 거 맞지?"

"그냥 감옥에 처넣을 수가 없는 거죠. 물증이 없는 한은. "

"설령 그 의심이 진짜 팩트라 해도 말이지."

"그렇죠."


4

"안 돼. 안 된다니까. 포기해. 그래도 그만한 게 어디야. 진정하고, 일단 날짜 잡고 수술부터 하고 봐."

"형부도 안 믿는 거죠? 맞다니까요. 이거 분명히 백신 부작용이라구요. 우리 엄마 불쌍해서 어떡해. 아버지 일찍 바람 나가지고 집 나가고 돈도 안 주고, 우리 엄마가 우릴 어떻게 키웠는데, 이제 와서 암이라니 이게 뭐냐고요."

이종사촌 여동생, 그러니까 내 여동생과 동갑내기인 이모의 딸이 의자를 잡고 꺼이꺼이

우는 동안 여동생과 매제는 이종사촌 여동생을 달래느라 여념이 없었다.

"지난 봄 건강검진 받았을 때만 해도 멀쩡했잖아요. 지금 백신 맞고 두 달도 채 안 지났어요. 어떻게 두 달 만에 없던 암이 생기냐고요. 이게 백신 부작용이 아니면 뭐예요."

듣다 못한 매제가 골치아프다는 듯, 냉정한 말투로 타이르듯 말했다.

"내가, 처제 심정은 백번 이해가 가. 그리고 사실, 백신 부작용이라는 것도 누가 봐도 뻔하고. 근데 있잖아. 아직 과학적으로, 그렇지 의학적으로 말이야. 백신하고 암 사이의 연관성을 정확하게 밝혀낸 게 없어. 정부에서 이걸 백신 부작용으로 인정 안 해주는 거 그런 이유야. 아닌 말로, 그렇다고 지금 이 시국에 방역 안 할 거야? 부작용이 무서워서 백신 안 맞으면, 코로나 어떻게 잡을 거야? 그냥, 이모님은 다수를 위한 불가피한 소수의 희생자 대열에 끼신 거야. 억울하지만 어쩌겠어. 진정해. 그래도 수술하면 된다잖아."

"그런 게 어딨어요? 왜, 우리 엄마가 뭘 잘못해서 소수의 희생자 대열에 껴야 되는데요? 이거 백신 부작용 맞다고요. 내가 언제 돈을 달랬어요? 보상이 문제가 아니라고요. 이거 백신 부작용 맞다고요. 그거 인정해 달라고요."

"형님, 제발 형님도 그러고만 있지 말고 한 말씀 좀 해주세요."

이종사촌 여동생을 달래다 못한 매제가 골치 아픈 표정으로 나를 쳐다보았다.

사건의 핵심은 그러니까, 지난 5월까지만 해도 멀쩡했던(건강검진 결과로 봐서는 그렇다) 이모가 백신 2차 접종을 맞은 지 한 달 반만에 암 판정을 받은 데서 비롯되었다. 겨드랑이에 종기 같은 것이 생겨 아파서 병원을 갔는데 며칠이 지나도 차도가 없자 의사가 대학병원 조직검사를 권했고 검사 결과 뜻밖에도 암이 발견된 것이다.

사실 외갓집은 너나 할 것없이 암을 앓았던 이력이 있으므로, 백신을 맞기 전에 받은 건강검진 결과만 아니었던들 굳이 백신을 탓할 이유는 없었을 상황이었다. 문제는 검강검진 때까지만 해도 없었던 암이 갑자기 생긴 상황에서 중간에 백신이 껴들었으니 당연히 백신 부작용을 의심해야 하지 않느냐는 것이었다.

그러나, 억울해서 어쩔 줄을 몰라하는 이종 사촌 여동생을 달래느라 동생 내외가 진땀을 흘리는 동안 미안하게도 나는 다른 생각을 하고 있었다.

합리적인 의심.

ㅡ아무리 합리적인 의심이라고 해도, 정확한 물증이 안 나오면.

정확한 물증이 나오지 않는 한, 의심은 의심으로 끝난다. 그 어떤 효력도 발휘하지 못한다. 하지만, 남 과장은 그다지 머리가 좋은 사내가 아니다. 이 명제의 행간에 숨은 또 다른 진실을 간파해낼 능력이 없다.

만약, 정확한 물증이 나온다고 해도.

정확한 물증이 물증으로 인정받지 못하면, 그 순간 그 물증은 그대로 합리적인 의심의 연장선에 머무르고 만다. 그 어떤 문제도 해결하거나 마무리짓지 못하고, 물증으로서의 능력을 상실한다.

"형님도 한 말씀 하시라니까요?"

채근하는 매제의 목소리에 나는 화들짝 놀라 정신을 차렸다. 이종사촌 여동생은 여전히 흐느껴 울고 있었고, 여동생은 그녀의 어깨를 여전히 팔로 감싸고 있었다. 나는 조용히 들

먹이는 이종사촌 여동생의 어깨에 시선을 두
고 입을 열었다.

"예은아."

"응?"

"오빠 말 잘 들어. 나도 알아. 이모 억울한
거. 그거, 백신 부작용일 수 있어. 그런데 있
잖아. 네 형부 말대로, 백신하고 암 사이의
정확한 알고리즘을 의학적으로 규명하기 전에
는, 너나 우리가 아무리 억울하다고 울어 봤
자 방법이 없어. 이건 그냥 합리적인 의심에
불과해. 무슨 뜻이냐 하면, 아무도 우리 말을
안 들어줄 거라는 거야."

"……."

"이모가 너 백신 맞는 거 보고 따라 맞았다
며? 네가 이모한테 백신 맞으라고 했다며?
그래서 너 죄책감 때문에 이러는 거지? 그거,
죄책감 갖지 마. 너, 사람들이 부작용 때문에
백신 안 맞으려고 하는 사람들 어떻게 취급하
는지 봤잖아? 이모가 백신 안 맞았으면, 암이
안 생겼을 거 같아? 아마 주위에서 방역에
협조 안 하는 범죄자 취급했을 게 뻔한데, 고
달파서라도 없던 암이 저절로 생겼을걸? 백
신 맞고 죽느니 코로나 걸려 죽겠다는데, 이

래저래 마찬가지일 바에는 내 방식대로 죽겠
다는데. 어쨌거나, 그 교수님이 수술만 하면
된다 했다며. 간단히 끝나는 거라 했다며. 어
제 엄마가 이모랑 통화하는 거 옆에서 들었어.
그러니까 이제 그만 울어. 수술비는 어떻게든
해결해 볼 테니까. 너무 걱정하지 말고."


5


"이제 좀 살 것 같다."

마스크를 벗어던진 남 과장이 후련한 표정으
로 한숨을 쉬었다.

"혹여 이 뒤로 돌아드는 사람 있을까 눈치보
면서 마스크 내렸다 올렸다 하며 도둑담배 피
우는 거 진절머리 나서 죽는 줄 알았네. 이제
6인 이상 회식도 할 수 있다며?"

"백신 접종율 70프로 넘었으니까요."

이런 이야기를 일부러 주고받는 건, 피차 동
석이 얘기는 꺼내지 말자는 암묵적인 불문율
이 회사 전체로 퍼져 있었기 때문이다. 남 과

장과 내가 단둘이 대화한다고 해서 이 불문율을 깨야 할 이유는 어디에도 없었다.

며칠 전, 경찰이 동석이의 시신을 찾아냈다.

그리고, 그와 동시에 동석이를 죽인 놈들 또한 검거했다. 동석이가 주차장에 세워놓은 차를 타려는 순간 잽싸게 동석이의 차에 올라타는 놈들이 찍힌 CCTV를 경찰이 잡아낸 게 결정적인 단서가 되었다. 놈들은 잡혔고, 동석이는 죽었으며, 나는 남 과장이 아닌 다른 그 누구도 내게 뒤집어씌운 적이 없는 살인 혐의를 벗게 되었다.

말하자면, 남과장의 합리적인 의심은 어디까지나 합리적인 의심으로만 남고 말았다는 뜻이다.


6


남과장에게는, 나를 U 시티프라자 옥상으로 데려간 동석이와 내가 나눈 대화를 적당히 내 마음대로 지어내어 둘러댔다. 그러니까, 동석이와 내가 그 건물 옥상에서 나눈 대화는 남

과장에게 둘러댔던 것과는 전혀 다른 대화였다는 뜻이다.

별 생각 없이, 다만 그간 녀석의 행적이 궁금한 마음에 순순히 녀석이 나오라는 장소로 간 나는 녀석이 걸친 쟈켓을 보고 피식 웃었다. 고급스러운 타탄 체크무늬의 아르마니 쟈켓은 우리 같은 월급쟁이들이 쉽게 사입을수 있는 옷이 아니었다. 어찌됐든 탐나긴 해도 내게는 어울리지 않는 쟈켓이라 생각하며 나는 녀석이 이끄는 대로 군말없이 옥상으로 향하는 엘리베이터를 탔다.

"날씨 좋네."

"어떻게 됐어? 내일 출근은 하는 거지?"

"나도 모르겠다."

여자아이 건드린 걸로 경찰서를 다녀온 게 이미 회사에 소문이 파다하게 퍼진 터라 그걸 물어본 건데, 녀석은 지극히도 태평하게 대답했다.

"남 과장 짓 같아."

"응?"

"나, 여자애 건드린 적 없어. 경찰에서 여자애가 내 지갑하고 신분증을 갖고 있었다고 하더라고. 나 자주 가는 모텔도 알고 있었고.

그래서 빼박 걸린 건데, 생각해보니까 남 과
장 차 탔을 때 지갑을 거기 흘리고 왔던 거
같아."

"그러면 그렇게 얘기하면 되잖아."

"얘기하면? 남과장이 뭐 '예 내가 그랬소'
하고 순순히 인정할 위인이야? 그거보다, 내
가 지금 너 부른 거. 다른 일이야. 그러니까
내 부탁 좀 들어 줘."

"부탁?"

"돈 줄게."

동석의 목소리는 전에 없이 다급했다.

"3천 줄게. 어때? 들어줄 수 있어?"

"무슨 부탁인지 말해 주면, 상황 봐서."

"오늘 하루만, 나 대신 내 대역 좀 해 줘.
그러니까 네가 여동석이 되고 내가 황태문이
되는 거야. 오늘 하루만, 딱 오늘 하루만."

"왜 그래야 하는데?"

"나, 조폭한테 쫓기고 있어."

"뭐?"

"네가 나인 척하고, 내 행세하면서, 조폭들
눈만 따돌려 줘."

아무도 없는 옥상에서, 마치 사람들에게 둘
러싸인 사람처럼 녀석은 주위를 휘 돌아보고

는 별안간 휴대폰을 꺼내 전원을 끄고는 다시 주머니에 집어넣었다.

"뭐, 어려운 부탁은 아닌데."

나는 슬쩍 딴청을 피우는 시늉을 했다.

"널 쫓는 사람들이 우릴 헷갈리겠어? 이미 네 얼굴 알잖아?"

"얼굴은 알지만, 우리 체형도 비슷하고 얼굴형도 비슷하잖아. 물론 내가 더 잘생기긴 했지만, 그래도."

나는 코웃음을 쳤다. 하지만, 반박불가한 사실이었다. 적어도, 녀석의 페이스가 더 여자애들에게 잘 먹히는 페이스인 건 맞다.

"어차피 입고 나온 바지 색도 똑같겠다, 지금 머리도 비슷하게 자른 상태잖아. 그냥 내 쟈켓만 네가 대신 걸치면, 멀리서 봤을 땐 다들 네가 나인 줄 알 거야. 어차피 마스크 때문에 정확하게 구분하지도 못할 테니까. 부탁해. 하루만 내 행세해주면 3천 준다니까?"

"한 마디로 네 행세하면서 너 대신 죽을 고비 좀 넘겨 달라는 거네?"

"일단 끌고 갔다고 해도, 너라는 걸 알면 죽이지는 못할 거야."

"자기네들 정체 알았다 싶으면 살려두지 않을 텐데?"

"못해. 무엇보다 너한테까지 그릴 이유 없어. 그리고 너한테 정체 들킬 놈들도 아니야."

"대체 왜 그러는데? 너 무슨 사고 쳤어?"

"우리 엄마 가게, 내 맘대로 팔았어. 그 포르쉐, 그 돈으로 산 거야. 그 새끼들한테 협박당하고 있어서 마음대로 팔면 안 되는데, 까딱하다간 우리 엄마가 그 새끼들한테 끌려갈 판이라 내가 그냥 엄마 몰래 등기필증 가지고 나와서 팔아 버렸어."

말을 듣고 보니 아닌게아니라 대형 사고 축에 속하는 사고를 치긴 했다.

"3천, 계좌이체로 바로 입금해 줄 수 있어?"

"이체한도에 걸려서 3천 한꺼번에 넣는 건 힘들고, 일단 천만 계약금으로 줄게. 그래도 손해보는 건 아니잖아. 너 그거 알지? 보이스피싱 때문에 은행들 연속출금 막아놓은 거. 30분 있다가 천 더 줄게. 그리고 30분 있다가 나머지."

그런 조건이라면, 나쁠 거 없었다.

"이 쟈켓 바꿔입고 일단 건물 나가면, 콜택시 좀 잡아줘. 그리고 이거, 내 차 키."

번쩍이는 은색의 묵직한 키가 손에 잡히는 순간, 걷잡을 수 없이 가슴이 뛰었다. 이 차가, 오늘 하루만큼은 내 차가 된단 말이지.

"오늘 하루는, 네 차야."

내 마음 속을 꿰뚫어보기라도 하듯 동석이 말했다.

"길 건너편 H약품 지하주차장. 4층 C-A1 기둥 바로 옆. 근처까지 가서 시동 켜면 소리 날 거야. 대충 7시까지 Y천 국도변 옆 낚시터에 세워 두면 내가 그리로 갈게. 폰은 아마 꺼 둘 것 같으니까 연락은 못 받겠지만, 그래도 돈은 틀림없이 이체할 테니까 걱정하지 마."


7


쟈켓을 바꿔입고, 차 키를 챙긴 후 다시 마스크를 쓰고 동석이와 함께 U시티 프라자를 나온 나는 지체없이 콜택시를 부른 후 동석에게 내가 부른 택시의 넘버를 알려주었다. 동석은 고맙다는 뜻으로 간단히 손을 들어 보였다. 마스크 위로 보이는 녀석의 눈빛이 스산했다. 나를 똑바로 쳐다보는 동석이의 눈을 제대로 본 기억은 아마도, 그 이진에는 없었던 것 같다.


8


주차장에 도착해 시동 키를 누르자 빽빽거리는 소리가 아름답게도 울러퍼졌다. 기분 좋은 메탈 키의 묵직한 촉감만큼이나 감동적인 소리라고 생각하며 나는 신이 나서 차를 타기 위해 문을 열었다.

운전석이 올라앉아 막 문을 닫으려는 순간, 날렵하게 마스크를 쓴 괴한이 조수석 문을 열고 올라탔고 뒤이어 뒷좌석의 문이 열리며 또 다른 한 놈이 올라앉았다. 이런 썩을, 순식간에 욕이 터져나왔다. 동석이 이 새끼, 차 앞에 놈들이 잠복하고 있다는 얘기는 일언반구도 없……

다음 순간, 합리적인 의심이 다시 또아리를 틀고 혀를 내밀었다. 녀석은, 과연 차 주위로 괴한이 잠복하고 있다는 사실을 몰랐던 건가?

그게 아니면, 알면서도 얘기를 안 한 건가? 설령 내가 놈들의 손에 죽는다 한들, 3천 정도면, 아니 천 정도면 목숨값으로 충분하다고 생각한 건가? 이런 발칙한 새끼, 사람 목숨을, 아니 이 천하의 황태문을 겨우 천만원어치 일회용 목숨으로 취급했어?

두고 보자. 두 번째 천만원을 과연 입금하는지 안 하는지. 그러는 동안 어느 새 조수석에 있던 괴한은 핸들을 쥔 내 손을 꼭 그러쥐고 있었다. 목 뒤에서 칼날의 차가운 감촉이 느껴졌다. 뒷좌석에 올라앉은 놈이 들이민 칼이었다.

"운전해."

"잠깐만, 마스크 벗겨 봐."

"왜?"

"마스크 벗겨 보라고."

조수석에 있던 놈은 잠시 망설이더니, 시키는 대로 마스크를 벗겼다. 한숨이 절로 나왔다. 안 그래도 내 손으로 마스크를 벗고 싶었으나 함부로 손을 놀렸다가 놈들이 무슨 짓을 할지 몰라 못 벗고 있던 참이었다.

"뭐야? 여동석이 아니잖아?"

"하, 이런 씨바, 쥐새끼같이 빠져나갔네?"

나는 눈으로 네비게이션 위에 붙은 디지털 시계를 확인했다. 녀석이 U시티 프라자 옥상에서 전만원을 이체해 준 시점에서 거의 30분이 지나고 있었다. 녀석이 계좌이체를 해오면, 굳이 주머니에서 휴대폰을 꺼내지 않아도 알람만으로 알 수 있다. 잠시 숨을 죽이고 녀석의 계좌이체 메시지를 기다렸다. 그러나 주머니를 요란하게 울린 사운드는 계좌이체 알람이 아닌 전화벨이었다.

"받아."

나는 시키는 대로 전화를 받았다.

"여보세요."

ㅡ아, 택시인데요. 지금 제가 신호를 좀 많이 받아서 가는 길이 늦어서요. 죄송합니다. 곧 도착하니까 기다리세요. 번호 아시죠? 9818이요."

네, 하고 태평하게 대답한 후 나는 전화를 끊었다. 그러니까 지금 전화를 건 택시 기사의 말대로라면, 황태문이 된 여동석은 아직 내가 부른 콜택시를 타지 못하고 있다.

"누구야?"

"택시요."

"택시? 택시 왜 불렀어?"

"여동석이 타고 가라고요."

"이런 시베리아 허허벌판에 내던질 놈을 봤나. 대가리 뒤통수가 영락없이 똑같다 했더니만, 이 새끼가 사람 바꿔치기 했네?"

"저기요. 어차피 사람 잘못 보셨으니까 말인데요. 그냥 여기서 조용히 내리시면 안될까요? 그러면 경찰에 신고는 안 할……."

아차, 여기서 경찰을 입에 올리면 안 되는데. 칼날이 목 뒤를 거세게 파고드는 것이 느껴졌다. 나는 얼른 대답했다.

"죄송합니다."

"일단 운전해서 빠져나가."

나는 시키는 대로 운전을 시작했다. 아, 이 승차감, 타이어가 매끄럽게 바닥을 구르며 빠져나가는 감촉. 이 개새끼들만 아니면 이 기분을 마음껏 만끽하겠는데, 아쉽고도 아쉽다. 젠장.

그건 그렇고, 벌써 35분이 지났는데 여전히 계좌이체는 되지 않고 있다. 이 새끼, 콜택시를 타든 안 타든 이제쯤은 계좌이체를 해 줘야 하는 거 아닌가.

"택시 넘버 뭐야?"

"9818요. 근데, 동석이가 그걸 탈지는 모르겠는데요?"

뒷좌석에 앉은 놈이 어니론가 전화를 길었다.

"택시 9818타는 놈 추적해."

미안하다, 동석아. 네가 약속만 지켰어도 택시 번호는 안 불렀을 건데. 나는 괴한들이 시키는 대로 신도시를 빠져나와 도로변을 달렸다. 어째서인지는 모르지만, 녀석들이 나를 그리 쉽게 죽일 수는 없을 거라는 예감이 들었다. 녀석들의 타겟은 여동석이지 내가 아니었고, 단지 자신들의 정체가 들킬 염려가 있다는 이유만으로 나를 죽일 수 있을 것 같지는 않았다.

"뭐야, 샜어? 갑자기 택시를 내려? 이런 쌍!!!"

걸려온 전화를 받던 뒷좌석 놈이 분개하는 소리가 들렸다. 빠져나갔구나. 순간, 녀석이 남은 돈을 내게 이체하지 않을 거라는 걸 깨닫자 그 긴박한 순간에도 욕이 나올 뻔했다. 녀석은 아마, 이 작자들이 택시 넘버를 알아냈다는 걸 눈치채고 내가 자신을 밀고했다는 걸 알았을지도 모르겠다. 하지만 어쩌랴, 제대로 밀고하지 않으면 내 목숨도 날아갈 판이었는데, 약속한 돈만 입금했어도, 아니 그 전에 이 새끼들이 차 앞에 진치고 있다는 걸 알려주기만 했어도 내가 최소한의 의리 정도는 지켜주려고 했는데!!

처음에는 이대로 경찰서를 향해 차를 몰까도 생각했으나, 여러 모로 생각한 끝에 마음을 고쳐먹은 나는 CCTV가 없는, 한적한 국도변에 이르러 녀석들을 내려 주었다.

"이 새끼 이거 보통 놈이 아니네. 다른 새끼 같으면 오금을 떨면서 살려달라고 발발 떨 텐데."

"지금 여동석이랑 짜고 그놈 사칭해서 그 놈 차를 몰고 있는 거 보면 모르겠냐? 일단 여기서 내려. 일 크게 만들지 말자. 그리고 너 이 발칙한 새끼, 이름이 뭔지는 모르겠다만, 오늘 재수 좋은 줄 알아."


9


동석이 녀석이 부탁한 곳에 차를 세워놓고, 차 키와 쟈켓을 운전석에 던져놓고 문을 닫았다.

녀석은 그로부터 거의 네 시간 정도가 지나서야 돌아왔다. 그 동안 나는 내가 결심한 바를 실행에 옮길 도구를 너식의 차 드렁크에서 찾아냈다. 타프를 고정할 때 쓰는 로프와 바닥면이 코팅된 면장갑이 다른 캠핑용품들과 뒤섞인 채로 굴러나왔다. 녀석의 취미는 캠핑이었고, 울적할 때면 종종 캠핑으로 스트레스를 푼다는 사실을 알고 있었다.

마침내 돌아와 차 문을 열고 운전석에 올라탄 녀석은 등받이에 등을 털썩 내리치듯 기대며 요란하고도 긴 한숨을 내쉬었다. 운전석 뒷좌석에 태평하게 앉아 있는 내 모습을 발견한 녀석이 깜짝 놀란 건 그 다음이다.

"아, 다행이다. 너, 괜찮아?"

"보시다시피."

"안 가고 있었어? 그 새끼들은?"

"그 새끼들?"

"아……없었던 거야? 그냥 그 지하주차장에서 여기까지 그대로 운전해서 온 거야?"

그렇다, 녀석은 그 조폭 새끼들이 차 주위에 잠복해 있을 거라는 걸 알고 있었다. 알면서도 말을 안 한 거다. 하다못해 '그럴 수도 있으니 조심하라'는 말조차 하지 않았다. 한 마디로, 여동석이 대신 나 황태문이가 대신 죽어 달라는 거였다. 녀석의 속셈이 그거였다면, 이제 와서 내가 한 결심을 되돌릴 길은 없는 셈이었다.

"약속이 틀리다?"

"아, 미안해. 지금 입금해 줄……"

"아냐, 됐어. 그만둬."

"입금할게."

"됐다니까?"

이제부터 내가 해야 할 작업을 떠올리면서 녀석의 돈을 받을 수는 없었다. 녀석은 휴대폰을 집어넣으려다 말고 다시 휴대폰을 들여다보더니, 믿을 수 없다는 듯 눈을 크게 뜨고 다시 나를 쳐다보았다.

"천만원, 도로 나한테 입금한 거야?"

"응."

"내 계좌는 어떻게 알고?"

"한 회사 다니면서 그걸 모를까 봐?"

"그냥 받아도 되는데, 대체 왜?"

"네가 탄 택시 넘버, 그 조폭 새끼들한테 꼬발랐거든. 그게 미안해서."

"아, 괜찮아. 나 그 택시 안 탔어."

"안 탔어?

"타려다가, 촉이 좀 안 좋아서 그냥 내려서 다른 사람한테 양보하고 길 건너서 버스 탔어."

"차라리 타지 그랬어."

"무슨 소리야?"

"너, 내가 만약 그 새끼들 손에 죽고, 그 새끼들이 차 가져가면 그땐 어떡하려고 했냐?"

"그럴 일은 없었어. 그 자식들은 네가 여동석이 아닌 거 알고는 너 못 죽여."

"너로 오인해서 죽였을 수도 있는데?"

"뭐, 일단은 무사히 여기 와 있잖아."

"못 왔으면?"

"오면서 생각은 했지. 네가 여기 차를 안 갖다났으면, 도난신고 해야 될 수도 있겠구나 하고."

"내 실종신고는 안 하고?"

"아마 같이 했겠지. 에이, 이제 그만 해. 다 끝난 일이잖아. 부탁 들어줘서 고맙다. 진짜 돈 입금 안 해도 돼?"

"응. 필요없어."

"집까지 태워다 줄까?"

"아니, 오히려 내가 널 태워 줘야 할 것 같은데?"

"네가 날? 우리 집까지?"

"아니, 너네 집 말고, 다른 곳."

"다른 곳이라니, 어딜 말하는 거야?"

"네가 가야 하는 곳."


10


목이 졸려 숨진 여동석이 탄 차는, 누가 봐도 딱 살인을 저지르기 좋은 인적 드문 곳에서 발견되었다. 그리고 추후 검거된, 지하주차장에서 여동석이 자신의 차에 오를 때 그를 따라 차에 탔던 괴한들은, 자신들이 여동석의 차에 따라 올라탄 것은 사실이지만 여동석의 차에 타고 있었던 사람은 여동석이 아니었다고 우겨댔다고 한다.

물론, 경찰은 그게 여동석이 아니라 나라는 걸 알았을 것이다. 그 전까지 옥상에 같이 있었던 게 나라는 걸 알아내서가 아니다.

여기서 다시 합리적인 의심, 이라는 게 튀어나온다.

그 개자식들의 주장, 그 차에 올라탄 사람이 여동석이 아닌 다른 사람이라는 주장에 대한 증거를 어디에서도 찾을 수 없었던 것이다. CCTV에 찍힌 영상에서 보이는 남자는 누가 봐도 그의 트레이드 마크인 타탄체크 쟈켓을 걸친 여동석이었다. 차에 잠복하고 있던 녀석들의 꼬리는 그 CCTV가 아닌, 어이없게도 주차장에 있던 근처의 다른 차에 찍힌 블랙박스 영상을 통해 밟히고 말았다. 동석이 녀석의 포르쉐로 말하자면, 블랙박스의 전원이 꺼져 있었다. 요즘 외제차들은 사고가 났을 경우 만만찮은 수리비 때문에 다른 차들이 알아서 피해 다니고, 게다가 블랙박스를 평소 켜놓고 다니면 배터리가 방전될 우려가 있어 블랙박스를 꺼놓고 다니는 차들이 많다는 얘기를 얼마 전에 매제로부터 들은 바 있다.

11

"동석이 차에 탔던 거, 동석이가 아니고 너였지?"

그렇다 한들, 설령 아닌 말로 남 과장이 그걸 직접 목격했다 한들, 그게 내가 동석이를 죽였다는 증거는 될 수 없다.

백신을 맞고 난 후 한 달 만에 암이 발병했다고 해서, 백신이 암을 만들어냈다고 우길 수 없는 것과 마찬가지라는 얘기다.

"보셨어요?"

"보긴 뭘 봐. 그냥, 합리적인 의심을 해 본 거지."

"아, 타긴 탔었거든요."

"탔었다고?"

"동석이가 처음 포르쉐 끌고 출근했던 날 말이에요. 필요없다는 데도 기어이 차로 바래다 주겠다고 해서 타 봤거든요. 승차감 죽이던데요. 집까지 가는 동안 어찌나 자랑을 해대던지. 이런 차는 도로에 끌고 나가기만 하면 다른 차들이 알아서 길을 쫙 내 준다고. 덕분에 블랙박스도 굳이 전원을 켜 놓고 다닐 필요가 없다고 하면서요."

"아까운 녀석이었는데, 허무하게 갔네. 사람 재미없게."

"그러게요. 과장님, 마스크 빨리요. 저기 경찰차, 경찰차."

"응?"

남 과장은 담배를 피우느라 턱까지 내렸던 마스크를 다시 급히 코 위로 올렸다. 사무실

로 돌아가기 위해 휴대폰과 지갑을 챙기는 동
안 남 과장이 중얼거렸다.

"역시, 합리적인 의심이라고만 넘기기에는,
너무 촉이 째해."

"뭐가요?"

"동석이, 네가 죽인 거야. 내 촉은 말이야.
지금껏 틀린 적이 없어. 물론, 어디까지나 합
리적인 의심일 뿐이니까, 이제 와서 경찰에
신고할 수는 없겠지만."

"저도 마찬가지예요. 계집애 매수해서 동석
이 함정에 빠뜨린 거, 남 과장님 작품이잖아
요. 뭐, 그렇다고 해서 이제 와서 그걸 경찰
에 신고해봤자 소용도 없지만."

"피차, 어디까지나 합리적인 의심일 뿐이니
까."

"그렇죠."

흑사(黑蛇)

1부: Y의 기억

1

저기요, 여기가 기억 삭제 업체 맞나요? 잘
못 찾아왔다면 죄송합…아, 맞나요? 다행이다.
사실은, 여기까지 오는 동안 정말 많이 망설
였거든요. 제가 정말 지우고 싶은 기억이 있
는데, 다른 기억 삭제 업체를 몇 군데 알아봤
지만, 완벽하게 비밀 보장이 되는 곳은 여기
밖에 없다고 해서…
사실 제가 알고 싶은 게 뭐냐 하면요.

만약에, 범죄에 연루된 사람이 자기 기억을 다 지우려고 과거를 털어놓아도 경찰에 신고하지 않는다는 설 보장해주는 곳이 여기뿐이라는 말을 들어서요. 아, 그러면 제가 맞게 찾아온 건가요? 아 하나님 감사합니다. 아뇨, 전 기독교인은 아니에요. 불교도 천주교도 아니고요.

그냥 종교 없어요.


2


아, 이 차 정말 좋네요. 저는 차 별로 안 좋아하는데, 엄청 시원하고, 탄산수처럼 속이 뻥 뚫리는 것 같네요. 네, 이제 좀 저의 비밀을 털어놓을 용기가 나네요. 차분히 생각할 시간을 주셔서 정말 감사합니다. 여길 찾은 게 그나마 제 인생의 마지막 남은 행운이었나 싶네요.

사실은요, 계속 그 녀석이 이곳 저곳을 돌아다녀요. 때와 장소를 가리지 않고, 제 시야에 들어오는 것이라면 어디든지. 슬그머니 나타났다가 슬그머니 사라졌나 싶으면 또 어느 새

슬그머니 나타나서 제 발치 언저리에서 또아리를 틀고 있어요. 네, 맞아요. 뱀이에요. 먹구렁이처럼 까만 뱀이요.

바로 그때부터예요. 그 일이 있고 나서부터요. 그게 바로 제가 오늘 지우려고 찾아온 그 기억이에요. 아니에요. 사랑했던 사람에 대한 기억을 지우려고 찾아온 건 절대 아니에요. 그 미셸 공드리의 영화 〈이터널 선샤인〉 말씀하시는 거죠? 전 솔직히 그 영화 이해가 잘 안되더라고요. 굳이 그런 좋았던 기억을 그렇게까지 지웠어야 했던 건지…아, 제가 지우려는 기억은 그런 게 아니고 그러니까…

아니에요. 절대로 아니에요. 제가 사람을 죽인 건 절대 아니에요. 그런 거였다면 그냥… 경찰서에 가서 자수를 했을 거예요. 하지만 그 비슷한 건 맞아요. 잠깐만요. 다시 머리가 아파지네요. 또 그 녀석이 보여요. 잠깐만요, 진정할 시간을 좀 주세요.


3

항상 그렇지만, 시작은 망할 놈의 돈이었다. 카드빚 1500만원. 이제까지는 은행에서 대출을 받든 친구놈에게 빌리든 부모님에게 손벌리든, 하다 못해 하나 있는 여동생의 통장을 몰래 들고 나와서라도 해결하는 게 가능했었다. 하지만 이번만큼은, 어디에서도 돈을 융통할 방법이 보이지 않았다.

이미 한 차례 신용불량자가 되어 본 경험이 있어서, 두 번은 그 꼴을 당하지 않겠다는 의지만큼은 확고했지만 원금상환일은 시시각각 다가오고 있었고 내 숨통은 천천히 그러나, 확실하게 조여오고 있었다. 그런 상황에서, 아무런 대가 없이, 심지어 갚을 필요도 없는 돈을 천만원씩이나 주겠다는데 눈이 벌개져서 덤비지 않을 도리가 있겠는가? 사실, 사람을 죽여달라는 부탁이었다 해도 그 당시의 나로서는 어쩔 수 없이 승낙해야 할 상황이었다.

어차피 지워질 기억인 이상, 최대한 디테일을 살려 기억해내야 삭제하는 작업이 더 확실하고 깔끔하게 처리된다고 하니까 이 참에 아예 허심탄회하게 말해 본다. 내게 천만원을 그냥 주겠다고 한 그는, 아니 그 개자식은 두말할 것 없이 내 직장 상사였다. 그것도 바로 위의 사수였다. 대부분의 직장인들이 사수와의 갈등 때문에 골머리를 썩는 현실과 다르게, 나는 처음부터 그와 죽이 잘 맞았고 덕분에 회사 생활은 원만하게 굴러갔다. 하지만 그러면 뭐하나. 신불자였던 과거 덕분에 은행 대출이라고는 땡길래야 땡길 수가 없는 상황이었던 것을.

 -어려운 거 하나도 없어.

 무릇, 대가 없는 돈에는 함정이 있다는 걸 모를 만큼 어리지도 않고 바보도 아니다. 하지만, 어떤 함정이 도사리고 있다 해도 그 당시의 나로서는 뛰어들 수 밖에 없는 상황이었다. 살인이라 해도. 그렇다. 결국 내가 해야할 일은 살인과 연관된 일이었다. 하지만 아무리 생각해봐도 내가 누군가를 죽여야 한다면, 그 대가로 고작 천만원밖에 못 받는다는 건 좀 너무하지 않은가?

 -너는, 그냥 처리만 해 주면 돼.

 처음에는 그게 무슨 뜻인지 선뜻 이해하지 못했다. 다행히, 술에 취한 나를 자신의 차로 천천히 집까지 데려다 주면서 D는 내가 해야할 일을 아주 자세하게, 그리고 자상하게 설명해 주었다. 바로 그 자상한 설명을, 어느 누구도 엿들을 염려 없는 자신의 차에서 나에게 다이렉트로 설명해야 했기 때문에 그는 나와 마주앉은 술상 앞에서 단 한 진의 술조차 입에 대지 못했던 것이다. 그리고 그가 내게 들려준 이야기는, 그가 왜 나와 함께 술을 마시고 대리기사를 부르는 쪽을 선택하지 못했는지를 단숨에 이해하게 만드는 이야기였다. 그 어느 누구도, 절대로, 들어서는 안 되는, 이야기였다.

4

처음에는 모르고 결혼했는데 말이야, 하고 입을 여는 그의 핸들을 쥔 손에 힘이 잔뜩 실려 있었다.

─처가집이 꽤 많은 재산을 모아놨더라고. 그걸 맡길 사람이 없어서 임시로 와이프한테 맡겨놓은 거였어. 그러자니 와이프 앞으로 들어놨던 보험이, 액수가 꽤 커졌고 말이지. 이래저래 합치니까, 팔자 고치고도 남을 만큼의 액수가 되더라는 거야.

그래서, 아내를 죽였다는 말인가?

그 질문을 하고 싶었지만, 이상하게 질문이 말이 되어 입 밖에 도통 나오질 않았다. 이제 와서 떠올려보면, 그의 부탁을 수락하기가 무섭게 그의 차에 실려 그의 집까지 오던 그 술 취한 밤에 나는 어지간히도 지쳐 있었다. 무엇에 지쳐 있었는지는 잘 모르겠다. 비용 절감을 위해 사람을 쥐어짜는 고강도의 회사 업무에 지쳤거나, 혹은 끊임없이 은행으로부터 날아오는 원금상환 독촉 문자에 지쳤거나, 매달 어머니가 입원해 계신 요양병원으로부터 날아드는 청구서에 지쳤거나. 혹은 더 이상의 과음을 감내해내지 못하는 무겁고 쓸개빠진 몸뚱아리에 지쳤거나.

여하간, 그 뭔가에 지쳐 있었다는 것만은 이제 와서 아무리 생각해봐도 의심의 여지가 없는 것이다.

D의 아파트로 올라가는 엘리베이터 안에서, 나는 흐리멍덩해져가는 정신으로 검은 세미정장 쟈켓을 걸친 그의 좁은 등을 멍청히 응시하며, 화대를 받고 남자랑 자러 가기 위해 엘리베이터를 탄 텐프로의 기분이 이럴까 하는 생각을 잠깐 했더랬다. 그러던 어느 순간, 술로 인해 몽롱하니 어지럽던 머릿속이 한순

간 찬물을 뒤집어쓴 것처럼 맑아졌다. 그랬다.
그제서야 똑바로 상황 파악을 해낸 것이다.
지금 내가 하려는 일이 뭔지를, 그제서야 똑
똑히 깨달은 거다. 평소 나와 죽이 잘 맞던,
그래서 나의 회사생활의 짐을 덜어준 그 사수
의 짐을 이제는 내가 떠안아야 할 판이었다.

그건 그렇고, D에게는 딸이 하나 있었다. 내
기억이 맞다면, 초등학교 몇 학년이라던가 하
는. 설마하니, 와이프를 죽이면서 그 딸까지
죽인 건 아니겠지? 설마, 사람이라면 그런 짓
을 하겠어?

하지만.

그때 갑자기 떠올랐던 새로운 사실…

그래, 그에게 여자가 있었지. 그것도 사내 불
륜으로 은근히 소문이 났었던…

더 이상 생각을 길게 이을 틈도 주지 않고
D는 서둘러 자신의 집 비밀번호를 누르고 문
을 열었다. 그리고는 내게 들어오라고 손짓했
다.

그의 집 거실에, 길고 검은 행낭 두 개가 나
란히 누워 있었다. 길고, 검고, 거대한 행낭이
었다. 먼 옛날, 동대문에서 옷을 떼다 팔던
여동생을 따라 한밤중에 동대문에 들렀을 때

옷가게 도매상들의 어깨에 얹혀 이리저리 실려다니던 그 거대한 행낭들이 내게는 생소하지 않았다. 하지만 내 직장 상사인 그가, 옷가게 도매상이 아닌 그가 저런 행낭을 어디에 쓰려고 저렇게 눕혀놓…

맙소사.


## 5

그의 시선이 내 눈을 피하는 게 느껴졌지만, 그 시선이 내 눈을 똑바로 쳐다보았다면 오히려 내 쪽에서 그 시선을 피해야 할 판이었다. 우리는 한참 동안 말없이 행낭을 내려다보았다. 마침내 나는, 나로서는 꼭 해야만 했던 질문을 D에게 던졌다.

"저 작은 행낭 안에 든 건, 혹시, 따님?"

당연한 얘기지만, 그는 대답하지 않았다. 그 정도는 아니라고 대답해줘야 할 거라고 생각했는데, 끝까지 그는 대답 대신 침묵만을 지켰다…고 기억한다.

나는 낮은 목소리로 단 한 마디만을 뇌까렸다. 아주 낮은 목소리로.

"개새끼."

역시 D는, 대답하지 않았다.

여기까지 와서, 이 꼴을 보고 그냥 도망친다는 것은 있을 수 없는 일이었다. 나는, 내가 여기까지 온 이상 되돌아갈 길도 없거니와, 여기에서 그냥 발을 돌려 문을 나가려는 그 순간 나 또한 저 행낭에 들어가게 될 거라는 걸 알았다. 그러니까, 그 시점에 이르렀을 때는 이미 내게 있어 선택의 여지란 건 없었던 거다.


6


하늘과 땅 사이에 / 꽃비가 내리던 날 / 어느 골짜기 숲을 지나서 / 단둘이 처음 만났죠 ······

귀에 감겨드는 그 익숙한 곡조, 익숙한 가사. 휴대폰으로 그 오래된 옛날 노래를 틀어놓고, 그걸 좋다고 흥얼거리던 그 개새끼의 나직한 콧노래가 귀에 생생하다. 눈을 가렸으면 좋겠다는 그 요구를 나는 딱히 거부하지 않았다. 미안해, 하고 그 새끼가 말했다. 장소 따위,

너는 모르는 편이 나아. 그렇지? 그렇다. 내가 D를 경찰에 신고하지 못하게 하려면 그 방법밖에 없다. 시체가 묻혀있는 장소를 정확히 대지 못하면 경찰들이 내 말을 믿어 줄 리가 없다.

하지만 경찰에 신고해봐야 공범으로 잡혀가기밖에 더 하겠나. 솔직히 말하면, 그 야산에서 그 개새끼가 나를 죽여 같이 파묻는다 해도 별로 아쉬울 게 없었다. 내 목숨과 맞바꾸기에는 내가 진 빚의 액수가 터무니없이 적기는 하지만, 어쩐지 아둥바둥 살려는 몸부림을 치기에도 적잖은 피로감이 드는 것은 오늘 퍼마신 술 때문만은 아닐 거라는 생각이 들었다. 그러니까 그 차를 타고 눈이 가려진 채로 어디가 어딘지도 모르는 곳으로 한참을 이동하면서 그런 생각을……

**저는 그런 생각을 했던 것 같습니다.**


7


오줌이 마려워서 차 좀 세워달라고 하면 안 세워 줄 줄 알았더니, 의외로 순순히 세워주는 걸 보고 좀 놀랐다. 돈 때문에 아내와 딸을 죽인 사람이 어쩌면 이렇게 여유로울 수 있는 건지 알 수가 없다. 문득, 이 사람에 대해 알고 지낸 지 그렇게 오래 된 것도 아니고, 이 사람에 대해 그렇게 많은 걸 아는 것도 아니라는 걸 깨닫고 약간 등골이 오싹해졌다. 잠깐, 사람? 사람이라고? 돈 때문에 가족을 죽인 놈을 지금 내가 사람으로 생각하고 있는 거야? 이제라도 경찰에 연락을 해야 하는 게 아닌가 하고 생각하다가, 아차 싶어 주머니를 뒤져 본다.

없다.

대체 얼마나 얼이 빠지고 정신이 나갔으면, 휴대폰이 없어진 줄도 모르고 여기까지 왔단 말인가……분명히 D의 집까지 올 때만 해도 있었던 것 같은데, 아니 다시 생각해보니 그것도 정확히 확신히 서지 않는다. 그렇다면, 그 전에, 혹시 D와 마주앉아 진탕 들이키며 이 작당을 모의했던 그 일식주점에 폰을 떨구고 온 건가?

무슨 추측을 하든 한 가지는 분명했다.

몹시 엿 같은 상황이 되어가고 있다는 것.

휴대폰도 없이 한밤중에, 살인마에게 이끌려 어딘지도 모를 산속으로 끌려가고 있는데 어쩌면 이렇게도 태평할 수가 있나. 아무리 취했다지만, 어떻게. 그런 생각을 하는 동안에도 과로한 간을 통해 어거지로 걸러진 술찌꺼기는 내 요도를 따라 끊임없이 뿜어져나오고. 그 개새끼는 내가 바지춤을 올리고 차로 휘적휘적 걸어오는 그 순간에도 하염없이 여유만만하게 어딘가 먼 곳을 보고 있다. 용기내어 한 마디 해 본다. 그렇게 돈이 좋았어? 뭐? 하고 그 새끼가 되묻는다. 그렇게 돈이 좋았냐고. 아아, 하고 그 새끼가 대답했다. 어어. 좋았어. 사실은, 피눈물을 좀 흘리기도 했는데, 피눈물은 피눈물이고 돈은 좋더라.

이런 사람도 아닌 새끼.

이번에는, 꽤 오랫동안 침묵을 지킨 것 같다. 차는 다시 어디론가 내달리기 시작했다. 얼마를 더 갔을까. 갑자기 그 개새끼가 입을 열었다. 어차피 우린 사람이 아니야. 뭐라고? 우린 다 사람이 아니라고. 너도, 나도. 이 땅에 태어나 살아가는 모든 사람들이 사실은 사람이 아니라고. 사람이 아니면, 뭔데? 그야 당

연히 짐승이지. 가축이지. 그리고 우리가 섬
겨야 할 거룩한 우리의 주인은, 다름아닌……
**돈이다.**


8


잠이 들었다.

그리고, 사람의 뇌를 파먹는 괴물에 관한 꿈
을 꾸었다. 사람의 머리를 잘라서는, 뇌를 꺼
내 잘게 썰어서 피를 양념장 삼아 찍어 먹는
괴물이 있었다. 잘게 잘린 뇌조각이 담긴 접
시에 선명하게 고여드는 검붉은 선혈이 섬뜩
하게 번들거리며 빛난다고 느낀 순간 나는 헉
하고 숨을 내지르며 잠에서 깨어났다.

눈가리개는 이미 벗겨진 뒤였다.

"딱 맞춰 깨어났네."

〈여기가 어디고 나는 누구이며 어쩌다가 여
기까지 왔는지〉를 기억해내느라 불필요한 몇
초를 허비했다.

"사고였어."

"뭐?"

"사고였다고. 전부 다. 내가 와이프랑 딸애를 잃은 것도, 졸지에 벼락부자가 된 것도 전부 다 사고였다고."

"웃기고 있네."

이 오밤중에, 비까지 내리는 야산에 시체를 파묻으려고 사람까지 끌고 온 놈이 할 소리가 아니다. 할 말을 찾느라 한참 궁리한 끝에 나는 대답했다.

"약속한 돈이나 내놔."

"더 줄게. 더 준다고. 걱정하지 마. 자, 이제 작업 시작하자."

그 작업이라는 것은 생각보다 단순했고, 생각보다 빨리 진행되었다. 물론 쉽지는 않았다. 차에서 내린 후, 트렁크를 열고, 시신이 든 묵직한 행낭을, 각자 하나씩 짊어지고, 차를 세워 둔 곳을 벗어났다. 어딘지도 모를 비탈길을 따라 위태로운 걸음을 내디뎌 한 걸음 한 걸음 차근차근 걸어올랐다.

깊은 생각 따위를 할 겨를조차 없었다.

정수리에서 김이 나는 게 느껴질 정도로 머리가 열기로 달아올랐고 등골을 따라 맺혀오는 땀과 여전히 이슬처럼 떨어지는 비로 인해 물 먹은 스펀지처럼 끈적해지고 육중해지는 몸을 질질 끌며 밑도 끝도 없어 보이는 오르막길을 하염없이 오르기만 했다. 천천히, 등골을 따라 맺혀오는 식은땀의 차디찬 기운을 느끼며, 쓴 입맛을 다시면서, 가쁜 숨을 내쉬면서, 그렇게. 어느 순간 내 등에 멘 행낭 속에서 사람의 팔이 쑥 튀어나와 내 목을 조르는 상상 따위 하지 않으려고 머릿속으로 노래를 부른다. 하늘과 땅 사이에, 꽃비가 내리던 날⋯⋯

"깊이 묻을 필요도 없어."

마침내 들고 있던 휴대폰 조명의 조도를 낮추고, 어깨에 맨 행낭을 풀썩 내팽개치며 그가 입을 열었다. 순간, 이 행낭 속에 든 것이 정말 시체인가 하는 의구심이 머리를 스쳐가지만 이내 그 의구심을 거두고 만다. 시체가 아닌 다른 그 어떤 것을 묻으려고 이 수고로움을 감수한단 말인가. 그것도 한낱 직장 동료에 불과한 타인에게 돈까지 쥐가면서, 자신이 저지른 짓까지 털어놓으면서. 아, 사람도 아닌 새끼.

하지만, 지금의 내게 있어 가장 무서운 건 그 무엇보다 카드빚이다. 그보다 더 무서운 건 세상 어디에도 없다. 이미 시신이 든 행낭을 메고 산 속을 걸어 올라오느라 체력을 다 소진한 나는, 입을 뗄 기운조차 없어 그저 숨만 몰아쉬며 어둠 속을 가만히 응시한다. 단 하나의 랜턴만이 이 순간 우리 앞에 놓인 단 하나의 빛이고, 언제 찾아올지 모르는 새벽을 기다리는 동안은 이 어둠 속에서 모든 걸 다 끝내야 한다.

삽으로 구덩이를 파고, 한때는 생명이었으나 이제는 한낱 물건이 되어버린 인간의 육체를 감싼 행낭을 던져 넣었다. 끈적이며 온몸을 적시던 땀이 식으면서 싸늘한 냉기가 몸을 훑고 지나갔다.

"세 시 반이야. 새벽 세 시 반. 그래도 일찍 해치웠네."

"들킬 텐데요."

"뭐?"

"들킬 거라고요."

"그걸 어떻게 확신해?"

"모르겠어요. 그냥, 그런 느낌이 들어요."

그 작자는(아, 드디어 그 자를 지칭하기에 적당한 호칭을 찾았다) 한참 동안 내 말을 곱씹으며 침묵을 지키다가 이윽고 단호한 어조로 한 마디를 내뱉었다.

"내가 알아서 해결해."

"제가 불면요?"

"뭐?"

"제가 경찰에 자수하면, 뭐가 되는 거죠? 보험금 때문에 와이프와 딸을 살해한 자를 도와서 시체를 처리했다고 자수하면?"

"내가 죽인 거 아니야. 그리고 넌 자수 못해."

"어째서요?"

"이제는, 너도 공범이니까. 우린 한 배 탄 거야."

"돈, 더 달라면 더 줄 수 있어요?"

"얼마나?"

"2천."

"줄게."

"대신 입 다물라는 말 할 참이죠?"

"네가 네 입으로 했으니까, 내가 굳이 또 할 필요는 없지. 안 그래?"

그때였다.

발밑에서 뭔가가 꿈틀거리는 게 느껴졌다. 발 아래를 내려다보니, 뭔가 스르륵 움직이는 게 보였다. 온몸의 털이 곤두서면서 짜르르한 통증이 척추를 훑고 내려갔다.

"으하아아아아아악!"

"진정해! 그냥 뱀이야!"

"뱀! 뱀이 왜 이런 곳에 있어요?!!!"

"여기가 원래, 뱀이 많이 나오는 곳이긴 해. 하지만 독뱀은 아니니까 진정해. 걱정할 필요 없어."

"여기가 어딘지 잘 아시나 봐요?"

"그냥, 오며가며 들었어. 검은 뱀이 많이 나와서, 옛날에 이 근처가 흑사골이라 불렸다더라고. 물론 지금은 그 이름이 아니라고는 하더라만."

"아아."

"그렇게 불리던 때가 하도 옛날이라, 요즘 사람들은 흑사골이라 해도 어딘지 알지도 못할 거라고 하더라만. 아무튼, 여기 나오는 뱀들은 다 그냥 색깔만 검은색이지 그냥 뱀이라 독뱀은 아닐 거라고 했어. 그러니까 그냥 갈 길 가게 내버려 둬."

9

그러니까, 제 기억은 대충 여기까지인데요. 정말 이 기억들을 다 지울 수 있는 건 맞는 거죠? 진짜로, 그때부터였어요. 그러고 나서, 그 새벽에 다시 차를 타고 희부윰하게 동터 오는 새벽을 차로 달려 돌아오고, 진짜 거짓 말처럼 제 계좌로 2천만이 입금되던 그날부 터, 그게 제 눈 앞에 보이기 시작한 거라니까 요. 네, 그 까만 뱀이요. 그 흑사요. 그 먹구 렁이요. 그걸 먹구렁이라고 부를 수 있다면 말이지만, 아무튼 그 녀석이 시도때도 없이 제 앞에 나타나서 전 정말 아무것도 할 수가 없었어요.

조용히, 아무 일도 없었다는 듯이 일상으로 복귀하는 건, 처음에는 그렇게 어렵지 않았어 요. 아니 어렵지 않게 돌아왔다고 생각했습니 다. 얼마 지나지 않아 그 미꾸라지 같은 D가 회사를 옮긴다는 말을 들으면서도 저는 속으 로 잘됐다고만 생각할 뿐 별다른 내색을 하지 않았어요. 다들 저한테 입을 모아 물었죠? 둘 이 무슨 일 있었어? 그렇게 노상 붙어다니더 니 요즘은 같이 술도 잘 안 마시는 것 같고, 이직한다던데 별로 섭섭해하는 눈치도 아니네?

섭섭하죠, 말은 그렇게 했지만, 한시라도 빨리 그가 눈앞에서 사라져 주기만을 바랐었죠. 그 작자 또한 그런 심정이었겠죠. 매일 그런 꿈을 꿨어요. 그냥 돈을 돌려주고, 경찰서에 가서 속 시원하게, 내가 저 작자한테 돈을 받고 시신 두 구를 파묻었어요, 하고. 하지만, 알 수가 있어야죠. 그 시신을 파묻은 산이 어디인지 알 수가 없잖아요. 저는 정말이지 흑사골이라는 동네 이름은 들어본 적이……

흑사, 맞아요. 검은 뱀. 그날 새벽에, 어슴푸레한 휴대폰 조명으로 확인했던 그 뱀, 제 발목을 슬그머니 감던 그 독이라고는 없다는 그 검은 뱀이 계속해서 제 눈 앞을 어슬렁대지 않았다면, 아마 조용히 다시 일상으로 돌아올 수도 있었겠죠. 그러면서, 파렴치하게 차츰차츰 잊어가는 것도 어쩌면 가능했겠죠. 인간은 망각의 동물이라면서요? 그런데 어째서, 그날 있었던 그 일들에 대한 기억만은, 시간이 지나도 도통 희미해지지가 않고, 각성제 먹은 것처럼 매일 밤 또렷하게 머릿속을 점거하는 건지 알 수가 없었어요. 진짜 등골을 축축하게 적시던 식은 땀까지 기억난다구요. 대뇌 피질이 온통 그 기억으로만 덮인 것처럼요.

그러는 동안 고개를 이쪽으로 돌리면 그 놈, 저쪽으로 돌려도 그 놈, 그 놈이 제 주변에 도사리고 있어요. 섬은 뱀요. 다른 사람들의 눈에는 보이지 않게 허구헌날 제 주위를 맴돌다가, 어느 날인가는 그 녀석이 그 시커먼 껍데기를, 그래요, 허물, 그 허물을 벗어 팽개치는 꼴을 보는 지경에까지 이르면 말이죠, 아이게 순전히 나의 환각이지 하고 머릿속으로 나를 납득시키고 고개를 끄덕일 수 있는 차원을 이미 넘어선 거죠. 그냥, 머리를 싸매고 비명을 지르고 싶어지는 거예요. 사실은 회사에서 한두 번 폭발을 해 버렸죠. 모두가 경악을 했어요. 환각과 환청에 시달린다는 고백을 어렵사리 꺼냈을 때, 다들 약속이나 한 것처럼 정신과 치료라는 말을 입에 올렸지만, 생각해 보세요. 정신과 치료가 가당키나 하냐고요.

10

머릿속에서 신호등이 점멸한다. 깜박, 깜박.

머릿속에서 줄기차게 라디오가 흘러나온다. 매번 똑같은 곡이, 똑같은 목소리로 소개된다. 하늘과 땅 사이에……꽃비가 내리던 날……

눈이 가려진 채로 하염없이 어디론가 몸이 움직여지던 감각 사이를 비집고 들어오는 건, 희미하게 내지르는 비명 같은 빗소리다.

돈 줄게.

그가 주겠다는 돈은, 내가 받지 않을 수 없는 돈이다. 그 돈이 없으면 나는 죽은 목숨이다, 일단 살고 봐야 한다.

단지 시체를 같이 묻자는 것, 그것뿐이다.

나는 아무도 죽이지 않았다.

묵직한 시신의 감각을 느끼며, 차가운 팔이 내 목을 휘감을 것 같은 공포에 저절로 등골을 타고 올라오는 소름을 애써 떨어내던 숨가쁜 발걸음은 왜 그렇게도 무거웠나.

결국은, 턱까지 차오르는 숨이 가까스로 공포를 짓누르는 데 성공했을 때쯤에 이르러 그의 목소리가 들려온다. 다 왔어. 여기야.

숨돌릴 겨를도 없이, 단지 시신을 파묻고 돈을 받겠다는 일념으로 삽질을 하던 나.

이제 다 끝났다고 안심하고 있을 때, 그런 나를 비웃기라도 하듯 내 발목을 감아돌던 검은 먹구렁이 같은 뱀.

뱀.

그건 결단코 뱀이었고, 그 뱀은 여전히 내 발목을 감고 놓아주지 않고 있다.

검은 뱀에 대해 이야기하면, 모두가 한결 같은 목소리로 되풀이하는 그 말이 크고 화려한 웅성거림이 되어 합창처럼 울려퍼진다.

－정신과 치료를 받는 게 좋겠어어～

내가 정신과 문턱을 넘는 그 순간 팡파레라도 터뜨릴 기세다.

이것이 내 일상이다. 벗어날 수 없는 내 일상이다.

기억, 내가 시신과 같이 묻어야 했던 그 모든 기억을 파묻을 만큼 많은 양의 흙이 내겐 없다.

내 기억을 파묻을 수 있는 흙을 어디서 구해야 하나.

잊을 수는 없는가.

되돌아갈 수는 없는가.

무엇보다, 이 악착같고 집요한 죄책감으로부터 나를 구해낼 방법은 전혀 없는 건가. 죄책감이라니, 이 무슨 조악하기 짝이 없는 싸구려 위선인가.


11


맞아요. 전 죄책감에 시달렸습니다. 일말의 죄책감조차 없이, 수중에 들어온 돈을 세며 기뻐할 수 있을 만큼 나쁜 사람은 아니었으니까요. 하지만 자수를 하려고 경찰서를 찾으려고 할 때마다, '그 다음에 나는 어떻게 되는 건가'라는 질문 때문에 아무것도 할 수가 없었어요. 살인을 저지른 건 어디까지나 그 새끼였지 내가 아니었다는 생각만 집요하게 되풀이하면서도, 저는 죄책감이 스멀스멀 고개를 들 겨를도 없이 눈앞에서 또아리를 틀거나 창문을 타고 기어오르는 그 검은 뱀 때문에 질겁을 하며 비명을 지르기가 일쑤였어요. 다들 절 미친 사람 취급하기 시작했죠. 아니 사실은 천천히 미쳐가고 있었던 거죠. 그 검은 뱀이 눈앞에 나타났다가 사라지는 밤이면, 내

일 아침에 경찰서를 갈 것인가 한강 다리를 갈 것인가를 두고 두 시간씩 고민했었죠. 아마 이젠 돌이킬 수 없이 늦은 건지도 모르겠다고 생각했을 때, 기적처럼 여길 찾아오게 된 겁니다. 이미 전 폐인이나 다름없는 사람이 되어 버렸지만, 정말 그 기억만 지울 수 있다면, 그래서 제 눈 앞을 돌아다니는 이 빌어먹을 먹구렁이 같은 뱀만 없앨 수 있다면 어쩌면, 어쩌면 다시 시작할 수도 있을지 모르겠다는 생각이 들어요. 비밀은 지켜 주신다고 하셨고, 아, 정말 제가 아무 걱정 안해도 괜찮도록 일을 처리해 주신다면 정말 감사할 따름입니다.

네, 벌써 작업이 다 끝났다고요? 기억을 삭제하는 작업이 벌써 다 끝났다는 말인가요? 그러니까, 제가 이 모든 걸 털어놓는 동안, 이미 이걸 다 제 머릿속에서 지워내는 작업을 하고 계셨단 말입니까? 어떻게 그렇게 빨리, 어떻게 그렇게, 저를 그렇게 괴롭히던 그 모든……

아……

죄송합니다. 그러니까, 제가 지금까지, 무슨 얘기를, 하고 있었던, 거죠? 지금까지 제가 뭔가, 아주 심각한 얘기를 하고 있었던 것 같은데, 어 이상하네, 진짜 조금 전까지 하던 얘기가 왜 이렇게 아무것도 생각이 안 나지? 죄송하지만, 제가 지금껏 무슨 얘기를 하고 있었는지, 좀 들려주실 수 없을까요? 진짜로 기억이 안 나서……

2부: D의 진술

1

어차피 경찰에 체포된 몸이고, 더는 빠져나
갈 방법이 없는 것 같으니까 이제 와서 누굴
더 기만할 생각은 없다. 하지만 아무리 생각
해봐도 억울한 건 사실이다. 내가 아무리 돈
에 환장한 개자식이라 해도, 아무려면 그깟
보험금 타내자고 진짜로 내 아내와 내 딸을
내 손으로 죽였겠느냐는 말이다.

그건 사고였다. 내가 지방 출장을 간 동안, 딸애를 데리고 처가집에 간다고 핸들을 잡은 아내가 몰던 내 차가 재수없게도 술을 처먹고 시속 200을 밟아대는 개새끼의 스포츠카와 충돌할 줄 누가 알았겠냐고. 아내와 딸은 찍 소리 없이 그 자리에서 즉사했고, 나는 거의 한 달 동안 넋을 잃은 채 망연자실했다. 그 한 달 동안만큼은 내 앞에 놓인, 믿을 수 없을 만큼 많은 액수의 돈이 전혀 나를 위로해 주지 못했다.

내 손에 들어온 돈은 두 사람의 생명보험금만이 아니었다. 처가집에서 아내의 명의로 해 두었던 모든 부동산이 다 내 앞으로 떨어졌다. 처가집에서 어떤 항의도 해 올 겨를이 없이, 장인어른이 충격으로 세상을 떠나고 나자 달랑 하나 있는 아내의 언니 하나 말고는 나를 찾아와 가져간 재산 다 내놓으라고 협박할 처가집 식구가 그 누구도 없었다. 그리고 여기에서 중요한 사실; 그 처형네는 이미 유럽인지 어딘지로 간 지 오래다.

가족을 잃은 내 앞에 남겨진 것은 돈뿐이었다. 문제는, 그 돈을 어떻게 지키느냐는 것이었다. 세상은 득실거리는 도둑놈과 강도들로

발디딜 틈이 없고, 내가 벼락부자가 된 것을 안 사람들은 모두 눈이 벌개져서 그 돈을 어떻게든 빼앗기 위해 혈안이 될 터였다. 그러기 위해서는, 태평하게 수중에 넣은 모든 재산을 믿고 있을 게 아니라 어떻게든 그 재산을 숨길 방법을 찾아야 했다.

일단 수중에 넣은 부동산을 모두 현금화하는 작업에 착수하는 한편으로는, 다니던 회사에 사표를 내고 아무도 나를 아는 사람이 없는 회사로 이직을 시도했다. 다행히 이직은 순조롭게 진행되었고, 나는 그때까지 나를 알아왔던 사람들로부터 내 자취를 감추는 데 성공했다.

그리고 그 곳에서 Y를 만났다.

그를 만나자마자, 나는 그가 나를 위한 더없이 적절한 호구임을 알았다. 적당히 성실하고 적당히 선량하며 대충 마음이 여리고 잔정이 많고 약간은 허세도 부릴 줄 아는, 남산 아래로 돌 다섯 개를 던지면 분명히 하나쯤은 얻어걸릴 법한, 흔해빠진 부류의 사내였다. 물론, 그 사내를 이용하기 위해서는 서두르지 말아야 했고, 물질적인 투자뿐 아니라 약간의 시간적인 투자 또한 필요하다는 것을 알고 있었다.

새로 이직한 회사에서는, 모두가 내 과거를 몰랐다. 정확히 말하자면, 내가 아내와 아이를 잃은 대가로 평생을 쓰고도 못다 쓸 만큼의 돈을 챙긴 남자라는 사실을 모르고 있었다. 그저 딸 하나를 둔 평범한 가정의 가장이라는 정도로만 알고 있었다. 물론, 그들을 보다 손쉽게 효율적으로 속이기 위해 아내와 딸이 나란히 찍은 사진을 사무실 책상 위에 버젓이 붙여 두어야 했다.

가진 돈을 모두 현금화하는 데 상당한 시간이 걸렸다. 은행들이 온갖 핑계를 대며 돈을 인출하는 것을 거부했기 때문이다. 부동산을 처분하는 것도 보통 문제가 아니었다. 무엇보다 세금 폭탄을 피하는 게 골치 아팠다. 결국은, 그 세금 때문에 부동산을 다 팔아 현금으로 만들어야겠다고 결심한 것이다.

거의 반 년 가까이 지나서야, 거의 모든 부동산과 보험금을 처분해 현금으로 만들어 집 안에 숨길 수 있었다. 하지만, 결국 집 안이 안전한 곳이 될 리가 없다는 사실을 알고 있었다. 이미 돈 냄새를 맡은 처가집의 떨거지

들이 −아내의 직계가족들로부터 몇 다리를 건넌− 나의 행적과 계좌를 귀신같이 추적해 오고 있을 터였다.

일단은 돈을 숨기는 것이 급선무였다.


2


돈을 숨겨야겠다고 마음먹은 후에도 한동안 작업을 시작할 엄두를 내지 못하고 망설인 이유는 적당한 장소를 물색하지 못했기 때문이다. 오랫동안 안전한 금고 역할을 해 줄 수 있는, 그리고 누구에게도 들키지 않을 수 있는, 그리고 필요할 때 바로 꺼내서 다시 들고 올 수 있는 그런 장소가 필요했다.

그런 장소에 돈을 숨긴 후에는, 바로 회사에 사표를 제출한 후 최소한의 돈만 챙겨 아무도 모르는 곳에 일년에서 이년 가량 숨어 있다가, 다시 돈을 전부 챙겨 해외로 나르자,는 식의 계획을 대충 세워두고 나는 끈질기게 돈을 숨길 장소를 물색했다.

그러던 어느 날, 결국 일이 터지고 말았다. 처가집의 모든 재산을 들고 잠적한 나를 찾지 못해 치를 떨던 처가집의 떨거지들은 결국 극약처방을 썼다. 즉 유럽에 가 있던 아내의 언니를 소환한 것이다. 유럽에 가 있던 아내의 언니, 하나뿐인 처형은 소식을 듣자마자 득달같이 귀국했고, 도대체 어떻게 찾아냈는지 귀신 같은 솜씨로 내가 있는 곳을 찾아내서는 내 집 문 앞에 떡하니 버티고 서 있었던 것이다.

처음에는 법적으로 아무런 문제가 되지 않게 처리된 일을 가지고 왜 이렇게 시끄럽게 구느냐고 쏘아붙일 생각이었지만, 어느 누구도 대동하지 않고 혼자 나를 찾아온 처형을 본 나는 슬그머니 전략을 바꾸었다―일단 돈 문제에 관해서는 어떻게든 원하는 대로 다 돌려주겠다, 다만 법적으로 여러 가지 처리해야 할 문제, 특히 세금 문제가 골치 아프게 엮여 있어 지금 섣불리 서둘러 처리했다가는 손해가 막심할 터였다. 무엇보다도, 아내와 딸을 잃고 충격에 빠져서 아무것도 하지 못하고 아무도 만나지 못하고 당분간 사람들로부터 멀리 떨어져 있고 싶었다―이런 식으로 둘러 댄 후, 혼이 다 빠져 아직 정신을 못 차리고 있지만 이제 이렇게 만나게 된 이상 협의해서 모든 절차를 처리해 나가겠다고 처형을 구슬렀다.

못마땅해하는 기색을 역력히 드러내면서도 일단은 처형이 돌아간 후, 나는 계획을 서둘러야겠다고 결심했다. 결국, 일전에 보아 둔 장소에 돈을 숨겨야겠다는 결론을 내리고 서둘러 미리 마련한 대형 행낭에 현금을 꽉꽉 채워 넣었다. 다행히 현금은 행낭 하나를 꽉 채우는 선에서 끝이 났고, 이 정도라면 나 혼자만의 힘으로 옮기는 게 불가능하지는 않아 보였다.

이때까지만 해도, 나는 Y의 도움 없이 혼자서 모든 걸 해결해낼 수 있을 거라고 생각했었다. 조용히 돌아갔다고 생각했던 처형이 다음날 밤 또다시 찾아와 문 앞에 버티고 선 꼴을 보기 전까지는.


3


-내가 그렇게 순순히 돌아갈 줄 알았니? 내가 네 속셈을 모를 것 같아? 너 사람을 얼마

나 우습게 본 거니? 또 도망가게? 갈 수 있으면 가 봐. 너 사람 잘못 봤어. 우리 부모님이 어떻게 피땀 흘려 모은 재산인데? 내 동생하고 내 조카, 네가 죽인 거 모를 줄 알아?

–제가 죽인 거 아닙니다.

–내가 다 알아봤다. 그 개자식들, 알고 봤더니 꾼들이더라? 몇천만원만 주면 우습게 사람 하나 죽이는 꾼들? 더군다나 국적은 한국도 아니고 말이지? 한국법을 몰라서, 받기로 한 돈도 못 받고 짤없이 영창 들어가게 됐다고 이를 박박 갈던데. 그날 그 시간에 그 남바 찍힌 차만 쳐서 가루로 만들어주면 돈은 주겠다고 했다는데, 그게 너 아니었어? 너 말고 내 동생이 그날 그 시간에 차 몰고 있었던 거 아는 사람이 또 누가 있어? 억울하게 내 동생 따라 죽은 우리 아빠랑, 너 말고 또 누가 그걸 알고 있었냐고?

–제가 아니라니까요? 너무하시는 거 아닙니까? 넘겨짚으시는 것도 정도가 있습니다?

–허, 이제 보니 아주 명배우 나셨네? 넘겨짚기? 어 이것 봐? 억울해 죽겠다는 이 표정하며? 내가 속을 것 같니? 그래? 너, 내가 네

그 감쪽 같은 연기에 속아서 아 네 그러세요 하고 돌아갈 사람으로 보여?

4

그 개자식들이 의뢰받은 차 넘버는 아내가 몰았던 내 차의 넘버와 중간 글자 하나가 달랐다. 그걸로 모든 게 설명이 된다. 그런데도 처형이라는 여자는 자기 마음대로 꾸며낸 시나리오를 들고 찾아와서는 넘겨짚기 식으로 나를 을러 어떻게든 사실을 알아내려고 기를 썼다.

하지만 내가 아무리 내 억울함을 호소해봤자 처형이라는 작자가 그 진실을 곧이곧대로 믿을 리가 없었다. 처음부터 내 말을 믿지 않을 준비를 철저하게 하고 찾아온 이상, 지루하게 엘리베이터 앞에서 말싸움을 벌인다는 건 시간 낭비일 뿐이었다.

일단은 들어가서 얘기하자고 해 놓고, 들어온 사람을 내 손으로 깔끔하게 목을 졸라 처리하는 동안 나는 내가 생각해도 어이없을 정도의 냉정함과 침착함을 잃지 않았다. 아무리 생각해봐도 그 여우 같은 처형을 따돌릴 다른 방법을 찾을 수 없었다는 말 밖에는 할 수 없다. 그러고 나서야, 결국 돈이 든 행낭과 임시로 다른 행낭에 우겨넣은 처형의 시신을 한꺼번에 처리해야 하는 상황이 난감하게 다가오기 시작했다.

사실, 현금이 든 행낭만 옮기는 거라면 혼자 힘으로 어렵잖게 해낼 수 있다. 하지만 시신과 돈을 함께 옮겨야 한다면 얘기는 달라진다. 두 행낭을 한꺼번에 혼자 힘으로 걸머지고 한밤중에 산길을 오를 수는 없다. 그렇다고 두 번에 걸쳐 행낭을 옮기자면 시간이 걸릴 뿐아니라 체력적으로도 무리다. 내가 찾아낸 장소는 하룻밤 동안 두 번을 왕복할 수 있을 만큼 오르내리기 수월한 장소가 아니다. 당연한 게 아닌가. 그 정도로 험준한 곳이 아니라면, 대체 어떤 다른 곳에 돈을 숨겨야 한단 말인가? 하물며 시신이라면 말할 것도 없다.

그렇다고 해서 두 번에 걸쳐 같은 장소를 다시 찾아 같은 작업을 되풀이했다가는 그 어느 누구의 눈에 띄어 일을 망칠지 모를 일이었다. 반드시, 시체와 돈을 단 한 번에 깔끔하게 숨겨야 했다. 생각이 여기까지 이르고 나서야,

나는 마침내 나를 도와줄 공범이 필요하다는
사실을 깨달았다. 단 한번으로 모든 뒷처리를
해 줄 공범이 필요했다. 물론, 심약해서 내
뒤통수를 치는 짓거리 따위는 절대 하지 못할
놈으로 골라야 하는 건 당연했다. 그거야말로
그 무엇보다 중요한 조건이었다.

5

 Y를 구슬리는 것은 식은 죽 먹기였다. 너무
쉬워서, 어이없다 못해 허무할 정도였다. 카
드빚을 싹 갚아주겠다는 나의 제안을 녀석은
별다른 의심없이 받아들였다.
 물론, 나는 약속을 지킬 생각이었다. 그래야
녀석을 내 공범으로 만들고, 죄책감 때문에
자수하지 못하게 만들 수 있으니까. 물론, 내
가 아내와 아이를 죽였다고 확신한 시점에서
Y라는 놈은 나를 사람으로 보지 않는 눈치가
역력했지만, 역시 녀석에게는 돈이라는, 절대
로 벗어날래야 벗어날 수 없는 족쇄가 있었다.
 그날 밤, 녀석의 눈을 대충 가린 후 계획한
장소로 녀석을 데려갔다. 거의 도착할 때쯤에
는 고맙게도 녀석이 잠들었다가 깨어나는 통

에 굳이 녀석에게 정확한 위치를 들킬 걱정을
할 필요도 없어져 버렸다.

당연한 얘기지만, 녀석에게는 시신이 담긴
행낭을 걸머지게 하고, 나는 돈과 골드바가
담긴 행낭을 걸머졌다. 그렇게 바위로 뒤덮인
길을 휴대폰 앱으로 켠 조명 하나에 의지해
힘겹게 올라간 후, 마침내 모습을 드러낸 수
풀 사이의 평평한 한 뼘 남짓한 흙바닥에 두
개의 행낭을 파묻었다.

일단 시신이 든 행낭을 묻은 후, 그 위에 돈
이 담긴 행낭을 묻었다. 깊이 묻을 필요는 없
었다. Y는 피곤한 기색이 역력했고, 일이 끝
난 후에도 나를 닦달하거나 몰아세우기는커녕
그저 조용하기만 했다. 단순한 피로… 때문이
라고만 생각하기에는 다소 의아할 정도로 그
는 조용했다. 아마도, 작업이 거의 다 끝나갈
무렵 갑자기 그의 발치에 나타난 그 검은 뱀
때문에 놀라서 그랬던 것 같다… 는 생각이
뒤늦게나마 들긴 했지만 그게 전부였다. Y는
진짜로 심장마비에 걸릴 만큼 놀랐고-그가
지른 그 목쉰 비명소리로 알 수 있었다-나는
그런 그를 진정시키기 위해 그에게 그 일대가
흑사골이라 불렸었다는 이야기를 들려주었다.

그 오래된 동네 이름이 그에게 중요한 단서를 주었을 거라는 생각은 미처 하지 못한 채로.


6

실종된 처형에 대한 수사는 예상 외로 집요하지 않았다. 아마도 그녀가 이미 귀화해서 외국 국적자가 되어 버렸다는 사실 때문이었을까. 아니면 실종된 처형을 악착같이 찾아내야 할 다른 가족이 없었기 때문이었을까. 여튼 경찰은 처형이 이 곳을 찾아온 적이 없다고 딱 잡아떼는 내 말을 그대로 믿었다. 실제로 수사 결과 처형은 자가용이 없었기에(당연하다, 유럽에서 막 귀국하신 분이 어떻게 자가용을 그렇게 금세 마련하실 수 있었겠는가) 한국에 체류하는 동안 내내 택시로 이동했다. 그녀의 행적이 그리 쉽사리 밝혀질 리가 없었다.

계획대로 회사에 사표를 낸 후, 내가 챙길 수 있는 최소한의 돈만 챙겨들고 제주도로 내려갔다. 경찰이 내 행적을 뒤쫓을지도 모른다

고 생각했지만 다행히도 경찰은 내 뒤를 쫓지
않았다.

행운의 여신은 명백하게 내 편이었다.

마침내 제주도에서 겨울을 보내고 난 후, 봄
이 되어 숨겼던 돈을 찾기 위해 다시 그 산을
찾아 올라간 그 날 이전까지는, 분명히 행운
의 여신은 내 편이었다.


7


당연한 얘기지만, 아무것도 없이 파헤쳐진
구덩이를 보았을 때 내가 제일 먼저 떠올린
사람은 다름아닌 Y였다. 하지만, 만약 Y가
경찰에 자수를 한 거라면 경찰이 지금까지 이
렇게 조용할 이유가 없지 않은가. 그렇다면
답은 하나다.

Y가 여길 찾아왔다.

혼자 한 건지, 아니면 나처럼 공범의 도움
을 받았는지 알 수는 없지만 Y는 귀신같이
기억을 더듬어 돈을 묻은 장소를 다시 찾아와
서는 돈과 시신 모두를 가져갔다. 여기까지
판단했을 때, 내 머릿속에 떠오른 생각은 단

하나였다. 어떻게든 Y를 다시 만나야 했다.
만나서, 자백을 받아야 했다.


8


"누구세요?"
진짜로, 놀라는 기색이라고는 단 일 퍼센트
도 없이 해맑게도 의아한 표정으로 나를 보며
그렇게 되물어오는 Y를 보며 나는 기가 찼다.
이게 사람을 뭘로 보고.
"일단 나랑 얘기 좀 하자. 제발."
"아니 그러니까, 댁이 누구신지 그것부터 말
씀을 해주셔야지, 당장 대놓고 얘기 좀 하자
고 하면 제가 무슨 얘길 하냐고요."
"너 진짜 나 몰라?"
"진짜로 몰라요. 누구시냐고요? 예전에 저
보신 적 있냐고요? 저는 예전에 댁을 본 기
억이 전혀 없는데."
미치겠다.
대충 착하고 대충 선량하고 대충 소심하고
아주 평범한 놈이 Y라는 걸 내가 잘 아는 이
유는 그 놈과 적어도 석달 열흘을 하루같이

어울리며 술을 마셨었기 때문이다. 술에 취한 놈은 절대 제 본색을 숨기지 못한다. 내가 관찰한 Y는 절대로 이렇게 배짱 좋게 아는 사람을 모른다고 오리발을 내밀 수 있는 놈이 못 된다. 아니 그 전에, 진짜로 당혹스러워하는 기색이 역력한, 진짜로 모르는 사람을 대하는 것처럼 보이는 저 표정을 대체 어떻게 이해해야 하는 건가. 저렇게 감쪽같은 연기를 할 수 있을 만큼 치밀한 놈이 아닌데?

"저기요, 자꾸 이러시면 경찰 부를 겁니다? 모르는 사람이 자꾸 찾아와서 다짜고짜 뜬금없이 얘기 좀 하자고 반 협박조로 추근댄다고? 아니, 혹시 저랑 되게 닮은 사람하고 착각하신 거 아닌지 잘 생각해 보시라니까요?"

"너 Y 맞잖아? 아니야?"

"네, 저 Y 맞아요. 그런데, 제 이름은 어떻게 아세요?"

자기가 Y가 맞다는 건 순순히 인정하면서도, 녀석은 끝끝내 전 직장 상사이자 은밀한 범죄의 공모자인 나, 녀석의 빚을 갚아준 D를 알아보지 못했다. 이걸 대체 뭐라고 설명해야 하나.

9

그 후로도 몇 번이나 Y를 으슥한 곳으로 끌고 가서, 대체 돈 어떻게 했냐고 족쳐봤지만 Y는 그때마다 고개를 내저으며 미치겠네. 당신 미쳤어? 대체 사람을 누구하고 헷갈린 거야? 라는 식의 궤변만을 늘어놓을 뿐이었다. 그리고 마침내 Y는 나를 경찰에 신고했다. 그것도 나의 면전에서 경찰에다가 전화를 거는 방식으로.

"D씨?"

"네, 제가 D입니다만?"

"혹시 Y씨를 공갈 협박한 사실이 있습니까? Y씨의 말로는 자꾸 가져가지도 않은 돈을 내놓으라고 한다는데요."

어이가 없었다.

정말로 미치고 골때릴 노릇이 무엇이었냐 하면, Y는 자신이 손수 부른 그 경찰들 앞에서까지 자신의 억울함을 호소했다는 사실이다. 그는 정말로 나를 모르고, 나와는 일면식도 없으며, 모르는 사람의 돈을 가져간다는 게 무슨 가당키나 한 말이냐고, 자기 말이 못 미

더우면 조사를 해 보라는 말까지 서슴없이 지껄였다. 듣다 못한 내가 Y에게 질문했다.

"Y너, 전에 B 사무실에서 대리로 있었던 거 기억 안 나? 보아하니 회사는 애진작에 옮긴 것 같다만, 전에 다니던 회사는 기억하고 있을 거 아냐?"

"네, 저 B 사무실 대리로 있다가 이직한 건 맞아요. 그런데 그걸 어떻게 아세요?"

"그러니까 잘 생각해 보라고 내가 누군지."

"그러면."

정말로 사람 복장이 뒤집어지게 만드는 순해 빠진 얼뜨기 같은 표정을 지어 보이며 Y가 말했다.

"그쪽에 있을 때 거래처 파견나오신 분들 중 한 분이셨나? 그런데 그분들 다 떠올려 봐도 그쪽은 마주친 기억이 없어요. 진짜 기억 안 나요."

아, 미치겠다.

어쨌든, 여기서 경찰을 더 상대하고 싶은 생각은 없었으므로, 일단은 뭔가 착오가 있었던 것 같다고 에둘러대고 서둘러 경찰을 피해 도망치려던 차에 Y와 나의 대화를 듣던 경찰이 문득 나를 불렀다.

"저기, D씨?"

"네?"

"경찰에 불려오신 게, 혹시 이민이 처음이신
가요?"

"네?"

"전에도 뵌 적이 있는 것 같아서 여쭤보는
건데요. 어떤 건이었는지 정확히는 기억이 안
나지만……"

"아……"

일단은 그 자리를 피하는 게 급선무였다. 아
무래도 Y라는 놈과는 정상적인 방법으로 대
화해서 해결하는 것은 불가능한 것으로 확실
하게 결론내린 후, 나는 일단 경찰에게는 앞
으로는 다시 이런 일이 없을 테니 한번만 선
처를 부탁드린다며 싹싹 빌어 간신히 그 자리
를 모면하고 끌려간 파출소에서 도망쳐나오는
데 성공했다.


10


모든 준비를 마치고, 기다리는 내 손이 떨려
온다. 지금까지 이런 적이 없었는데.

나라는 사람은, 그러니까 D라는 사람은 추진력을 빼고 나면 남는 게 아무것도 없는 사람이다. 그러니까, 일단 뭔가를 해야겠다고 결정하고 나면, 그것을 신속하고 주도면밀하게 실행에 옮기는 데는 실로 도가 튼 사람이라고 해도 과언이 아니다.

지금 나는, Y를 납치해야겠다고 결심한 후, 마침내 어느날 퇴근하는 Y의 귀가길 길목에 죽치고 서서 그가 이 길을 지나가기만을 기다릴 뿐이다. Y가 새로 이사한 집은 번화가로부터 상당히 떨어져 있었지만 그래도 그렇게 퇴근길 자체가 으슥한 편은 아니었다. 다만, 딱한 곳. 그의 빌라로 들어오는 골목길만은 인적도 상당히 뜸한 데다가 이렇다 할 감시카메라도 부착되어 있지 않아 의외로 그를 납치하기에 최적의 장소였다. 물론 더 넓고 환한 다른 길이 있기는 했으나, 그의 집으로 향하는 지름길이 바로 그 골목길이었기에 그는 거의 열에 아홉은 그 지름길을 이용해 퇴근할 것이 분명했다.

내 예상은 적중했다.

Y를 납치해서 아무도 없는 곳으로 끌고 가는 것 말고는 도무지 그로부터 진실을 들어낼 방

법이 없었다. 이토록 집요하게 나를 모른다고 거부하는 그 새끼의 머릿속이 궁금하기 짝이 없었나. 그래도, 한때는 둘이 사귀는 기 아니냐고 다들 농담삼아 빈정댈 만큼 둘도 없는 술친구였다. 그런 나를, 이제 와서 '진짜로 모른다'고 잡아뗄 때의 그 억울한 표정이라니.

내가 그걸 어떻게 받아들여야 하는가는 두 번째 문제다. 나는 무엇보다도, 어떻게 그 개자식이 그런 표정으로 나를 바라보는 게 가능한 건지 모르겠다. 그 백치미 그윽한 표정을, 살면서 잊을 수 있을지 모르겠다.

.

.

단정하게 양복을 차려입고, 내 눈에 익숙한 그 낡은 닥스 서류 가방을 왼손에 쥔 채 터덜터덜 걷는 Y는 철저하게 무방비 상태였다. 그런 그의 축 쳐진 등 뒤로 다가가 정수리를 내리치고 마취제를 바른 장갑을 낀 손으로 입을 틀어막는 게 뭐 그리 어려웠겠는가.

내가 다니던 회사에 잠적하고 사표를 낸 후 Y 또한 회사를 옮긴 건 확실했다. 그렇다고 해도, 우리가 서로를 못 보고 지낸 건 불과 지난 겨울 한철에 불과하다. 그 한철 동안 나라는 사람의 존재를 그렇게 머릿속에서 완전히 잊어버리고, 진짜로 아예 모르는 사람으로 만들어버린다는 게 가능한 건가? 아닌 말로, 기억 삭제 업체에 의뢰해서 기억을 삭제한 것도 아닌 다음에야……

그때까지만 해도, 그 기억 삭제 업체라는 게 실제로 존재한다는 걸 몰랐던 거다. 그러니 Y가 그런 곳을 찾아갔으리라고는 상상도 못한 게 당연했다.

정신을 잃은 Y를 어거지로 내 차에 태운 후, 날듯이 달려 내가 투숙하고 있던 모텔 방에 데려다 놓는 것쯤은 숫제 일이라고도 할 수 없을 정도로 간단했다. 내 방에서 정신을 차린 Y는, 역시 눈을 뜨자마자 나를 알아보고는 그냥 죽고 싶다는 표정으로 모든 말을 대신했다. 한참 만에 그는 겨우 입을 열었다.

"진짜 살다살다 이런 스토커는 처음 보네."

"그러니까, 이제는 안심하고 입 좀 열어. 여기는 너랑 나랑 단 둘밖에 없어."

Y를 달래고 설득하기 위해 나는 필사적으로 안간힘을 썼다.

"일부러 사람들 눈 의식해서 나 모르는 척하는 거 다 알아. 이제는 걱정하지 마. 여긴 진짜 우리 둘 뿐이야. 안심하고 네가 가져간 돈 어디에 숨겼는지만 말해주면 돼. 당장 달라고도 안 할게."

"저기요, D씨……라고 하셨죠?"

Y의 목소리는 힘이 없었다.

"진짜 죄송한데요. 저는 진짜로, D씨가 저한테 왜 이러시는 건지 진짜 이유를 모르겠어요. 진짜로, 전에 만났던 기억이라고는 손톱만큼도 없는데, 아니 얼굴은 솔직히 말하면 좀 익숙해요. 아주 낯설지는 않아요. 그렇지만 역시, 알고 지냈던 사람이라는 기억은 없거든요. 그리고 자꾸 돈을 가져갔다고 우기시길래, 제가 하도 황당해서 옛날에 제 통장 거래 내역을 다 조회해 봤거든요?"

"……."

"그런데, 진짜로 D씨 이름으로 저한테 입금된 돈이 있는 걸 보고 제가 진짜 뒷목을 잡긴 했어요. 그 돈을 말씀하시는 거라면, 당장 다 드리기는 힘들고, 일단 이 달 말에 저 인센티브 나오면."

"내가 그 돈을 말하는 게 아니잖아 새끼야. 그건 네가 입다물고 일 거들어주는 조건으로 내가 그냥 너한테 준 거고!!!"

"입다물고 일 거들어주는 조건, 요?"

Y는 그야말로 넋이 빠진, 귀신에 홀린 사람 같은 표정이 되어 나를 쳐다보았다.

"그런 일, 을 제가 했었다고요? 아아, 난 왜 기억이 이렇게도 안 나는 거지? 왜 이렇게 아무 기억이……"

"행낭, 언제 가져갔어? 시체는 어떻게 처리했고?"

"시체요? 그건 또 무슨 소리예요?"

"네가 그 산꼭대기까지 옮겨간 그 시체 그거 어떻게 했냐고!!! 그 시체도 없어졌던데, 돈하고 같이 네가 빼간 거잖아. 그게 아니면 그 시체가 발이 달려서 저절로 걸어 산을 내려갔을 리도 없고!!!"

"아니 진짜 저는 D씨가 무슨 말씀을 하시는 건지……살려주세요 제발……저는 그런 돈 같은 거 몰라요. 2천만원은……제 실수로 통장에 넣으셨나 본데 그거는 진짜로 제가 갚을 테니까, 제발 저 좀 살려주……"

"그러니까 살고 싶으면 바른대로 불라고 이 새끼야!!! 왜 자꾸 모른 척을 하냐고?!!!"

11

내가 정신을 차렸을 때, 이미 Y는 시체가 되어 있었다.

이번에는 내가 정말로 이성을 잃었던 모양이다. 깔끔하게 목을 졸라 처리한 처형의 시신과는 달리, Y는 구역질이 나올 만큼 처참한 피투성이가 되어 눈을 부릅뜨고 나를 노려보고 있었다.

문득, 발 밑에서 뭔가가 스멀거리는 느낌이 들었다. 발 아래를 내려다보니 아무것도 없었지만, 어째서인지 뭔가 차갑고 섬뜩한 것이 발목을 자꾸 휘감는 듯한 기분이 들어 아무 생각도 나지 않았다.

뒤늦게 누구의 휴대폰인지 알 수 없는 벨소리가 줄기차게 울려대고 있다는 것을 알았지만 그게 Y의 휴대폰 벨소리라는 것을 알아차릴 정신조차 없었다. 잠시 후, 줄기차게 울려대던 벨소리가 멎으면서 이번에는 내 귀에 익숙한 내 휴대폰의 벨소리가 들려왔다. 나는 거의 조건반사에 의존한 반사신경의 작동에 의거해 폰을 집어들고 통화 버튼을 눌렀다.

-D씨?

낮고 가느다란 여자의 목소리였다.

─네, 제가 D입니다만, 누구시죠?

─저 죄송한데, 혹시 지금 Y씨하고 같이 계세요?

─당신 누구야?

─어, 당장 말씀드리기는 좀 그렇구요. 어, 음, 그러니까 이 말씀은 드려야 할 것 같네요. D씨가 Y씨 멱살 잡고 아무리 을러대봐야 Y씨한테서는 아무 대답도 못 들을 거라는 거요.

─당신이 그걸 어떻게 알아?

─어, 음, Y 그 사람요. 얼마 전에 자기 기억을 다 지웠거든요. 저희 회사에 찾아와서 말이죠. 저희 회사가 그러니까 메모리 세탁소라고 해서, 말하자면 기억을 세탁해주는 일을 하는 곳인데……

─기억 세탁 업체? 그러면 당신이 그 업체 직원이야?

─음, 말하자면, 네. 그렇습니다.

─당신 어디까지 알고 있어?

─음, 어, 음, 그러니까, 당신이 그 흑사골 뒷산 바우마루 중턱에 파묻은 그 시체를 찾으려고 하는 거라면……

─그걸, 당신이 가져갔단 말이야?

-저는 안 가져갔어요.

-그러면 누가 가져갔는데?

-그러니까, 음, ㄱ게 음……

-알면 말해. 누가 가져갔는지. 혹시, 경찰이
야?

-저는 몰라요.

-모른다고? 당신, 나한테 왜 전화했어?

-시체를 누가 가져갔는지는 진짜 몰라요. 하
지만, 다른 걸 말하는 거라면……

-맞아, 그 다른 거. 그거 누가 가져갔어?

-그러니까, 그게 뭔지 정확하게 저한테 말씀
을 해 주셔야겠는데요?

-돈, 행낭에 든 돈 말이야.

-아 돈이라구요. 혹시 생명보험금도 포함되
어 있는 그 돈 말인가요?

-당신이 가져갔어?

-제가 가져간 거 같네요.

-돌려줘. 그거 내 돈이야.

-싫은데요.

-왜 싫은데?

-왜요, 저까지 죽이시게요?

-내가 너 죽이라면 못 죽일 거 같아?

-어머나 무서워라. 사실은 말이죠. Y씨가 며칠째 연락이 안되네요. 아무래도 억울하게 당하게 하진 말아야지 싶어서 사실을 알려주려고 연락해 봤는데 도무지 연락이 안 돼요. 자기가 자기 기억을 지우는 통에 영문 모르고 당했을 텐데, 그래도 기억 지우기 전에 그 행낭 있던 장소 가르쳐 준 고마운 사람인데.


12


누군지는 모르겠지만, 죽여야 할 사람이 하나 더 늘어난 것 같다. 까짓 거 그래, 죽여 보자. 죽여 보자고. 시작이 어렵지 뭐, 시작만 하면 그 나머지야 어려울 게 뭐 있어. 하나든 둘이든 셋이든, 심지어 열이든 간에.

여기까지 생각했을 때, 침묵을 지키던 상대의 목소리가 다시 들려왔다.

-돈 돌려받고 싶으시면, 이렇게 할까요?

-말해, 원하는 게 뭐야?

-우리, 시체하고 돈 맞교환해요.

-그 시체 누가 가져갔는지 모른다면서?

-에이 아저씨 처형분 시신 말고 Y씨 시신요.

−Y 시신? 무슨 소리야? 난 몰라.

−어, 음, 뭐, 잘 생각해보시고 신중히 결정하세요. 어, 음. 한 가지만 분명하게 말씀드리자면요. 돈 돌려받고 싶으시면, Y씨 제 눈앞에 데려오셔야 해요. 살았든 죽었든 간에, 알았죠? D씨가 행낭 파묻었던 그 흑사골 뒷산에서 뵙기로 해요. 만약에 안 오실 거면, 한 가지만 알아두시면 돼요. 그 돈은, 아마 찾기 힘드실 거라는 거. 이제 제가 드리고 싶은 말씀은 다 드렸으니까, 이만 전화 끊겠습니다. 어, 음……네, 제가 먼저 끊을게요.

3부: A의 회상

1

뭐, 전화로는 D라는 놈에게 시체와 돈을 맞
교환하자고 했지만, 사실은 전혀 그럴 계획이
아니었다. 그렇다고는 해도 그 정도 어설픈
술수는 눈치챌 줄 알았다. 이미 D는 Y가 기
억 삭제 업체에 의뢰해 자신의 기억을 지웠다
는 사실을 전혀 모른 채 Y가 자신을 속이며
연극을 하고 있을 거라고 단단히 오해를 하고
있었고, 자신이 파묻은 그 돈을 가져간 사람
또한 Y임에 틀림없다고 철석같이 믿고 있었
다.

진짜로 그 흑사골 야산을 다시 찾아올 줄은
몰랐다. 그것도 버젓이 Y의 시체를 걸머메고
말이다. 아무래도 성신이 돌아버린 나머지 이
미 판단력을 상실한 게 분명했다. D는 유럽에
서 아내의 뒤를 이어 급히 귀국한 자신의 전
처형의 남편, 즉 죽은 아내의 언니의 남편이
경찰에 아내의 실종신고를 했으며 경찰이 그
에 따른 수사를 벌이고 있었다는 사실을 전혀
모르고 있었다. 그럴 만도 했다. 그의 머릿속
에는 오로지 그 시체와 함께 흑사골 야산에
파묻은 행낭 속의 돈 말고는 아무것도 들어
있지 않았던 게 분명하니까.


2


D가 어떻게 되었는지에 대해서는 별로 궁
금해하시지 않을 거라고 생각한다. 사실 궁
금해할 필요도 없이, 너무나도 전형적인 살
인범의 최후를 맞이했다. 아내와 딸을 청부
살해한 혐의는 인정되지 않았지만(청부살해
범들이 실수로 번호를 착각해 D의 가족이
탄 차를 쳤다는 주장은 사실이었던 모양이

다), 적어도 자신의 손에 직접 피를 묻힌 두 건의 살인에 대해서는 빼도박도 못할 유죄로 판결났다는 사실만 알아두면 된다.

하지만, 내가 기억 삭제 작업을 수행하기 위해 Y로부터 모든 자백을 받아내던 중 듣게 된 그 흑사골 야산의 위치를 어떻게 알아냈는지에 대해서는 다들 궁금해하실 줄로 안다. 솔직히 고백하자면, 좀 재미없는 내막이기는 하지만, 순전히 우연의 일치였다. 현재 흑수동이라고 불리는 나의 옛 고향, 그 궁색한 시골 마을이 지금으로부터 약 오십여 년 전까지는 흑사골이라고 불렸었다는 사실과, 그 마을의 뒷산 중턱쯤에 바우마루라는 꽤 크고 험한 바위로 이루어진 골짜기가 있었다는 사실을 할아버지로부터 들어 기억하고 있었을 뿐이다.


3


차를 몰고 흑사골을 찾아가 뒷산을 오르면서도 사실 큰 기대는 하지 않았다. Y가 원했던 대로, 나는 기억력을 담당하는 Y의 중추신경

계에 접근하는 과정에서 그 사건에 관한 일말의 기억도 남기지 않기 위해 최대한 신중을 기해 완벽하게 작업했다. 어차피 그널 이후로는 Y로부터 들어야 할 것이 아무것도 없었으니까.

물론 삭제만으로는 부족했고, 일부는 조작이 필요했다. 세심하고 꼼꼼한 작업의 결과로, Y는 자신이 다니던 회사에서 알고 지냈던 절친한 술친구이자 후덕한 상사였던 D의 존재를 일단 기억에서 깨끗이 지워야 했다. 그 결과 그는 '그때 엄청 친했던 상사가 있었는데…'라는 시점에서 그의 얼굴과 이름을 전혀 기억하지 못한 상태로 서둘러 지금의 회사에 이직을 한 것으로 자신의 과거를 회상하게 되었다. 사실 그 정도로 충분했다. 자신의 계좌에 알지 못하는 친절한 누군가의 이름이 이천만원이라는 액수의 송금인으로 찍혀 있는 내막까지 조작할 필요가 굳이 있었겠는가. 어차피 그 송금인이 그 시점에서 새삼스럽게 자신의 공범에게 연락을 해 올 리가 없었는데.

바로 이 지점에서 내가 실수를 했다.

진짜 D가 그 돈을 찾자고 Y에게 먼저 연락을 해 올 줄은 몰랐다는 뜻이다. 뭐, 돈이 없

어진 걸 알고 펄펄 뛰기야 했겠지만, 그렇다
고 다짜고짜 Y를 찾아간 것까지는 놀랍긴 해
도(간뎅이가 붓지 않고서야) 뭐 그런 대로 수
긍할 수는 있었다.

하지만 진짜 Y의 말을 한 점 의심없이 '거짓
이라고' 단정지을 거라고는 꿈에도 생각을 못
했다. 나라면 한번쯤 어디서부터 뭐가 잘못되
었는지 의심을 해 볼 법도 하건만, 어딘가에
서 기밀이 제 3자에게 유출되었을 가능성을
의심해 볼 법도 하건만. 그러나 D는 마지막
까지, 그러니까 보다못한 내가 직접 전화를
걸어 친절하게 자초지종을 설명해 줄 때까지
자신의 확증을 눈곱만큼도 의심하지 않았다.
자신이 Y를 시켜 파묻은 그 돈을 가져갈 사
람은 그 장소를 아는 Y말고는 절대로 없을
거라는 그 확증 말이다.


4


흑사골의 흑뱀은 독이 없는 뱀이라고 했다.
그 말은, 흑사골에 서식하는 흑뱀에게 물렸다
고 해서 죽을 염려는 없다는 뜻이었다. 그래

도 흑사골 뱀을 보면 곱게 그냥 보내야 된다, 만지거나 닿으면 안 된다, 고 할아버지께서는 말씀하셨었다. 왜요?

흑사골 흑뱀은 억울하게 죽은 사람들의 원혼이 환생한 거라, 그 흑뱀이 사람을 물거나 사람에게 감기면 그 혼이 사람에 씌어 평생 그 사람에게 붙어다닌다 했다. 평생 죽을 때까지 먹구렁이 하나를 키우며 살아야 하는 거라고 했다. 내 눈에만 보이고 다른 사람 눈에는 보이지도 않는 먹구렁이 하나를 내내 거둬 먹여야 하는데, 그 먹구렁이의 양분은 다름아닌 내 혼줄이라 했다.

기억력이 남보다 뛰어난 편이라, 그 이야기를 낱낱이 잘도 기억하고 있었던 게 문제라면 문제였을까. 그게 아니라면, 일단 호기심이 발동하면 끝끝내 일을 저지르고야 마는 지랄맞은 내 천성을 탓해야 하나. 결국 나는 기억 속에 남아 있던 정보와 Y가 기억을 잃어가며 들려준 이야기 속 정보를 조합해 그 흑사골을 찾아내고야 말았다. 그리고 당연한 얘기지만, 어렵지 않게 Y가 진술했던 두 개의 행낭을 묻은 지점을 찾아냈다. 여간해서 사람들이 찾아내지 못할 만한 위치인 것은 확실했지만,

일단 찾아내고 보니 그 일대를 얼마나 허술하게 정리해 놓았던지 누가 봐도 사람의 손이 간 흔적이 역력했다. 오히려 이런 곳에 돈을 숨길 궁리를 한 D의 얄팍한 간계가 한심하게 여겨질 정도였다.

5

두 개의 행낭을 굳이 열어보지 않고도, 손으로 눌러보는 것만으로도 시체가 든 행낭과 돈이 든 행낭을 구분할 수 있었다. 아마 D는 분명 Y에게 시신을 걸머지게 하고 자신은 돈이 든 행낭을 메고 이 산을 올랐음이 분명했다. 약아빠진 새끼, 제법 머리는 썼다만.

일단은 돈이 든 행낭을 먼저 걸머메고 산을 내려오기로 하고, 그 자리를 벗어나려다가 재수없게 흑뱀을 밟은 거다. 나름 재빨리 피했다고 생각했는데, 운수 사납게도 도망치던 흑뱀의 꼬리가 슬그머니 내 운동화 위 드러난 발목에 슬쩍 휘감겼다. 그때서야 할아버지가 일러 주셨던 말씀이 생각나 순간 등골이 쭈뼛했다. 지레 이 돈을 온전히 내가 먹지는 못하겠다는 직감이 그때서야 머릿속에서 번득였지만, 그래도, 돈은 이 시점에서 일단 내가 챙기는 게 맞다고 판난한 나는 우신 차를 세워둔 지점까지 돈이 든 행낭을 가져온 후 행낭을 차 트렁크에 던져넣었다.

그리고는 그 길로 뒤도 돌아보지 않고 차를 몰아 집으로 돌아왔다. 당연한 거 아닌가. 내게 남은 시신까지 수습해야 할 의무가 어디 있단 말인가.


6


당연한 얘기지만, 기억세탁소, 즉 나의 직장에는 사표를 냈다. 그때쯤 해서는 어지간히 이쪽 업계가 활성화되고 있기도 했고, 고급 인력 또한 제법 많아져서 내가 그만둔다 해도 구인난에 시달릴 염려는 없을 터라 사표 수리는 문제없이 처리될 줄 알았다.

회사 측에서는 사표를 반려하면서 서너달 가량의 휴가를 제안했고, 나는 사표를 반려한 내 상사 즉 기억세탁소 사장의 저의가 좀 미심쩍기는 했지만 별로 깊이 생각하려 하지 않았다. 어차피 그 돈을 펑펑 쓰며 남은 여생을 보낼 수 없을 거라는 건 너무 분명한 사실이었으니까. 다만 나는, Y의 진술이 사실이었음을 확인한 후로 나의 직업에 대한 회의가 너무나 분명해진 나머지 더 이상 이 일을 계속할 수 있을 거라는 생각이 들지 않았다.

물론, 그보다 훨씬 중요한 다른 이유가 있었다.

빌어먹을, 할아버지의 말씀이 사실이었을 거라고는 상상도 못했는데, 자신의 발목을 휘감았던 검은 뱀의 환영에 시달리는 Y의 진술을 들으면서도 어디까지 믿어야 하나 의심했는데, 막상 Y의 진술이 사실이라는 걸 낱낱이 확인한 시점에서 나는 또 다른 Y가 되고 말았다. 그러니까 내 말은, 흑사골 바우마루에서 행낭을 들고 내려온 그날 밤부터, 윤이 자르르 흐르는 검은 비늘을 자랑하며 내 시야 언저리에서 유유히 또아리를 틀고 있는 뱀이 보이기 시작했다는 뜻이다.

왜 D란 놈은 하필이면 그런 데다가 돈을 숨겨 가지고는 사람을 이 고생을 시키는가. 거기가 아닌 다른 장소였다면 내가 이 돈을 찾아낼 일도, 흑사의 환영에 시달릴 일도 없었는데 대체 왜! 나는 Y가 들려준 그 기묘한 이야기들이 사실이었는지 그것만이 궁금했을 뿐, 맹세코 돈을 탐냈던 게 아니었는데!!!


7


흑사는 매우 조용했다. 있는 없는 듯 조용히 내 시야 언저리를 돌아다녔다. 아주 크고 굵은 녀석도 아니어서, 때때로 내가 이성을 잃지만 않으면 그럭저럭 환각으로 보이는 녀석의 존재를 견뎌낼 수 있었다.

정작으로 견뎌낼 수 없는 순간은, 잠에서 깨어나는 순간이었다. 묘하게도 꿈속에서만큼은, 검은 뱀은 결코 모습을 드러내지 않았다. 하지만 그 때문에, 설마 내일 아침쯤에는 사라지겠지 하는 한 가닥 희망을 품고 잠들었다가 눈을 뜬 다음날 아침 여전히 내 발치에서 또아리를 틀고 누워 있는 뱀을 보게 될 때면 나는 매번 소리를 지르며 머리를 쥐어뜯어야 했다. 말하자면, 참다참다 못한 Y가 결국 모든 기억을 삭제하기 위해, 그리고 그 기억 속에 포함된 그 흑사의 환영까지 삭제하기 위해 내가 일하는 기억세탁소를 찾아와야만 했던 이유를 나는 내 몸으로 처절하게 이해해야 했다는 뜻이다.

8

D는 무슨 이유에서인지 꽤 오래 그 돈을 찾지 않았던 게 분명하다. 그렇게까지 참을성이 많은 성격이 아닌 사람으로 알고 있는데 조금은 의아한 부분이다.

Y가 억울하게 D의 손에 당할 거라는 건 분명했지만, 그래도 그렇게 빨리 살해당할 거라고는 미처 예상하지 못했다. D에게 좀 더 빨리 진실을 일러주었다면 Y가 그렇게 억울하게 당하지는 않았을 텐데 말이다. 하지만 나중에 "그냥 D를 변호하는 시늉만 했다"는 국선 변호사가 내게 말하기를, D는 돈을 받고 기억을 삭제해주는 업체의 존재 자체를 아예 믿지 않았다고 했다. 그런 게 있을 리가 없다며 자신을 제외한 모든 사람을 미친 놈으로 몰았다는 거다. 그러니 내 전공 분야인 기억세탁의 실질적인 효능에 대해서도 알았을 턱

이 없다. 교묘하게, 자신이 기억하고 싶은 기억만 남겨 둔 채 나머지는 아무 문제가 없도록 잘 짜집기하는 그 기술.

그 원리는 알고 보면 지극히 간단하다. 자신의 추측, 자신의 망상, 자신이 믿고 싶은 것을 사실로 받아들이는 것을 약간만 도와주면 된다. 아주 간단한 최면만으로도 할 수 있는 일이다. Y의 경우처럼 약간은 더 고도의 기술을 필요로 하는 케이스도 있지만, 사실 Y의 경우도 사건이 장기간에 걸쳐 일어난 것도 아니고 많은 사람이 연루된 것도 아니며 사건 자체가 복잡했던 것도 아니다 보니 깔끔한 작업이 가능했던 거다.

하지만 너무 깔끔하게 처리했던 걸까. Y가 진짜로 끝까지 그렇게 D를 기억해내지 못했다니. 내가 일처리를 너무 완벽하게 한 결과가 결국 죄 없는 사람을 죽인 꼴이 되었나.


9


−죄가 없긴 뭘 없어?

한밤중에 느닷없이 전화를 걸어온 기억세탁소 사장, 나의 전 상사의 목소리는 날이 설대로 서 있었다.

-그러게 누가 그 따위 부탁을 돈 받고 들어줘? Y라는 놈도 쓰레기인 건 매한가지야. 그런 놈은 죽어도 싸.

-그래서 말인데요.

휴대폰을 스피커 모드로 돌려놓고 책상 위에 내려놓은 후 맥없이 나는 되물었다. 그 책상을 붙여놓은 흰 벽을 타고 오르며 느긋하게 암벽등반을 즐기는 흑뱀의 꼬리를 노려보면서.

-전화 왜 하셨어요?

-돈, 어떻게 했어?

-돈요?

-돈 네가 가져갔잖아.

-어떻게 아셨어요?

-내가 너보다 한발 늦었어.

-아니 박사님께서 거길 왜 가셨냐고요. 아니, 그 전에, 박사님은 제가 Y놈 진술 녹음해 놨던 걸 또 언제 다 풀어보셨냐고요.

-경찰에서 찾아왔더라. 그 Y놈 여기 오지 않았냐고. 너, 경찰이 D라는 놈 처형이 살해당한 걸 언제부터 알고 있었다고 생각하냐? 그

아파트 엘리베이터는 CCTV도 없다냐? 그 처형이란 사람 남편이 유럽에서 행세깨나 한다는 인터폴이었다는 얘기는 아무도 안해 줬고?

-그 돈 돌려줘야 돼요?

-일단 나한테 넘겨. 그 나머지는 내가 알아서 다 처리할게.


10


사실은 그 말만 믿고 돈을 주고 싶은 생각이 별로 없었다. 하지만, 그 돈이 일단 내 손에서 떠나면 저 징그러운 흑사가 내 눈앞에서 사라질지도 모른다는 생각이 들었다.

그리고 내 예상은 적중했다.

나의 전 직장 상사는 손수 차를 몰고 내가 사는 빌라 앞을 찾아왔고, 나는 행낭이 든 내 차의 트렁크를 미리 열어 두었다. 다음날 아침 눈을 떴을 때, 놀랍게도 언제나 내 발 아래 또아리를 틀고 있던 흑사의 환영이 더는 보이지 않았다.

결국 나는 나름 괜찮았던 내 전 직장을 잃고 새로운 직장을 구해야 할 처지가 되고 말았지만, 어차피 이렇게 된 이상 이쪽 업계에서는 깨끗이 손을 떼기로 했다. 싫으면 잊어버리고 나 편하자는 식의 발상에 뭔가 분노가 치밀었다고나 할까. 잊어버리고 싶은 기억이 있으면 스스로 잊으시라. 뭐하러 이런 데까지 찾아와 돈을 써 가면서까지 기억을 잊겠다고 발버둥치는가. 애써 노력하지 않아도  결국 서서히 사라지게 되어 있는 것을.

11

덧붙이자면, 역시 그 돈은 내 수중에 머무를 수 없는 돈이었다는 사실을 얼마 지나지 않아 확인했음을 밝혀 둔다. 내 전 직장 상사, 기억세탁소의 사장이신 박사님께서 그 돈을 가져가신 지 약 한달 정도 지난 시점이었다. 박사님은 차에 앉은 채 목이 졸린 시신으로 발견되었다고 했다. 그러나 정확히 누가, 어떤 도구로 박사님의 목을 졸랐는지는 그 누구도 끝끝내 밝혀내지 못했다. 그로부터 꽤 오랜 시간이 흐른 후 경찰이 지나가는 말처럼 들려 준 얘기에 따르면, 박사님의 시신이 발견되던 날 박사님의 차가 주차되어 있던 아파트의 주차장에서 검은 뱀을 보았다는 주민들이 다수 있었다고 했다던가.

다만 돈의 행방, 그 검은 행낭을 가득 채웠던 현찰이며 골드바의 행방만이 오리무중일 뿐이다. 내가 항상 느끼는 거지만, 사람의 행방보다 돈의 행방이 더 추적하기 쉬울 것 같은데 그렇지가 않다. 확실한 것은, 다들 약속이나 한 것처럼 사람의 행적보다 돈의 행적을 더 궁금해하며 악착같이 추적한다는 거다. 찾을 수 없을 거라는 걸 알면서 대체 왜?

우리를 시험에
들게 하지 마옵시고

-생리가 막 끝나서 그런가, 족발이 엄청 땡기더라고.

그날, 그 몰카를 촬영한 날 모텔로 배달시킨 족발의 포장을 신나게 풀며 매정이가 했던 그 말이 이상하게도 머릿속에서 잊혀지지가 않는다. 그날 매정이는 그 족발을 정말이지 맛있게 먹었다. 피를 많이 흘리면 빈혈이 오는 건 당연하고, 빈혈이 오면 고기로 영양보충을 하는 게 당연한 건데, 그 당연한 사실이 왜 그렇게 그날따라 새삼스럽게 서글프던지. 여하간, 그 매정에 대해서는 지금도 일말의 미안함 따위는 없다.

그 매정과 헤어진 지 두 달쯤 지나서, 웹하드에 고이 간직해 두었던 걸 에스넷 운영자의 친구라는 사람에게 팔았다. 이유는 간단하다. 어이없을 만큼 간단하다. 그 매정이 날 배신

했기 때문이다. 더는 만나고 싶지 않다는 말을 액면 그대로 받아들일 수 없었기 때문이다. 나는 결혼까지 생각했었는데, 그런 나를 니무나도 허무하게 배신했다, 그 매정.


그러니까, 물론 돈을 받긴 했지만, 돈 때문에 그런 짓을 한 건 아니라는 거다. 가장 큰 이유는, 그래, 치졸하다는 걸 전혀 몰랐던 건 아니지만, 복수심이었다. 불타는 복수심이었다. 나를 떠나간 그 매정을 용서할 수가 없었다. 게다가 내가 받은 돈은 불과 사백만원, 정말이지 형편없는 돈이지만, 어차피 돈 때문에 벌인 짓은 아니니까 괜찮다고 생각했다. 그리고, 그 매정의 전라를 본 사람들이 연이어 올리는 그 댓글들, 그 역겹고 더러운 댓글들을 나는 즐겼다. 그 댓글이 더러우면 더러울수록, 역겨우면 역겨울수록 그 댓글을 단 사람들이 나를 대신해 그 매정에게 복수를 해주는 것 같은 느낌이 들었다. 그 짜릿한 쾌감을 이루 말로 표현할 수 없었다. 속이 다 시원했다.

그러니까 그 이후의 후폭풍이 좀 피곤하긴 했지만, 그 정도는 내가 얻은 쾌감에 비하면 충분히 감수할 수 있을 정도의 피로였다는 뜻이다. 말하자면, 아주 가성비가 끝내주는 복수였다고, 경찰서를 나오면서 나는 홀가분한 마음으로 생각했다. 몇 가지 불쾌한 질문과 조금쯤은, 아주 조금쯤은 겁이 나기도 하는 강압적인 태도를 제외하면, 수사라는 것이 그렇게 못 받을 정도로 참기 힘들고 괴로웠던 것은 아니었다. 그 매정이 나를 고소했다는 건 물론 치가 떨릴 일이었지만, 아마 그 매정도 그걸 봤다면 꽤나 스트레스를 받았을 게 분명하다. 하지만 인과응보다. 내게 저지른 짓에 대한 마땅한 댓가를 치른 거다.

그렇다고는 해도, 이 일로 검찰까지 가게 되었을 때는 꽤나 스트레스를 받았다. 회사에 결국 휴직계를 내야 했으니까. 하지만 다행히도 나는 회사에서 인정받는 유능한 직원이었다. 특히 나에 대한 김부장의 신뢰는 절대적이어서, 무슨 일이 있어도 이 일로 회사에 잘리게 되는 일은 없으리라는 걸 나는 잘 알고 있었다. 다행히 나는 운이 좋았다. 시간도, 상황도 모두 내 편이었다. 가장 결정적인 핵심은, 최초 유포자인 뱅어포가 내가 아닌 그 에스넷 운영자의 친구였기 때문에 내게는 직접적인 혐의가 씌워질 수 없었다. 나는 실수였다고, 무조건 실수였다고 둘러댔다. 절대로 고의로 유포한 게 아니라고, 그 쪽에서 멋대로 유포한 거라고. 게다가 내게는 이런 경우를 대비해 돈을 받으면서 미리 받아둔 각서가 있었다. 어떤 경우에라도 내게 책임을 지우지 않겠다는 각서였는데, 그 각서 때문에 내가 받기로 되어 있던 돈이 대폭 깎였음을 고백해야겠다.

내 부모님에게는 시의원과 도의원으로 행세깨나 한다는 친구분들이 계셨고, 특히 외가쪽 친척 중에는 정계의 거물과 친분이 두터운 분마저 계셨다. 나는 그분들의 이름을 회사에서 그랬던 것처럼 경찰서에서도, 그리고 딱 한번 이루어진 검찰과의 전화통화에서도 아낌없이 팔았다. 그 결과 나는 기소유예 처분을 받았다. 딱 원만하고 만족스러운 결말은 아니었지만, 그런대로 다행스러운 결말이었다.

그 매정이 죽었다는 뜬금없는 소식을 들었을 때는, 솔직히 좀 당황하기도 했다. 그렇게까지 될 거라고는 생각을 못했다. 솔직히 죽을 줄 알았으면 그렇게까지는 안할 걸 그랬다는 후회도 조금은, 아주 조금은 들었다. 하지만, 나의 죄는 그런 짓을 아주 양심에 꺼리낌 없이 전문적으로 하는 꾼들에 비하면 아무것도 아니라고 생각했다. 모두가 나를 가리켜 인간쓰레기, 양심이라고는 눈곱만큼도 없는 놈, 짐승 그 외에도 기타 등등 오만가지 입에 담지 못할 욕을 해대지만, 솔직히 말하면 나는 억울하다. 왜 그 매정이 내게 입힌 상처에 대해서는 조금도 생각을 안 하는 건지 모르겠다. 지가 뭔데 날 떠났난 말이다. 어쩌면 죽은 것도 당연한 거다. 날 잊지 못해 자살했을지도 모른다는 생각도 해 봤지만, 그 매정의 친구들 말을 들어보면 그건 아닌 것 같다. 참, 그 매정에게는 원래 부모님이 지어주신 이름이 따로 있었다. 하지만, 그 이름을 입에 올리기는 싫어서 그냥 편의상 그년을 '매정'이라고 지칭하고 있다. 매정한 년이었으니까, 딱 어울리는 별명이다.

그 일이 있고 나서, 한동안은 연애라는 걸 못할 거라고 생각했다. 어쨌든 경찰서에서 교육이라는 걸 받아야 했고, 주위에서 그 문제에 대해 약간은 수군거림도 있었으니까. 하지만, 그 일은 정말 다행스럽게도 조용히 묻혔다. 물론 나도 그 일 이후로 좀 조심성이 생겼고, 그 전처럼 사회생활을 하면서 경거망동하지 않게 되었으니까.

그러나 그 매정을 만나기 전에도 만나는 동안에도 그리고 그 매정과 끝장난 후에도 결코 변한 적 없고 변하지 않을 사실이 하나 있다. 그것은, 여자는 그냥 짜증나는 존재라는 것이다. 섹스를 할 때를 제외하면, 여자는 그냥 예민하고 시끄럽고 피곤한 존재다. 물론, 간혹 예쁜 여자들은 눈을 즐겁게 한다. 하지만 그게 전부다. 진정한 의미에서 여자를 좋아했던 적은 한 번도 없었던 것 같다.

그런데 그 여자를 만났다.

믿을 수 없게도, 그 여자는 어느 날 정신을 차리고 보니 내 약혼녀가 되어 있었다. 꿈만 같았다. 어떻게 내가, 그런 여자와 약혼이라는 걸 할 수 있는 건지. 그 여자는, 비록 재벌가는 아니지만 꽤 좋은 집안의 딸이었고,

게다가 예쁘기까지 했다. 죽은 그 매정과는 비교도 할 수 없을 정도로 예뻤다. 그러니까, 그 여자도 이제 와서는 그냥 짜증나는 족속의 하나였을 뿐이라는 게 밝혀진 지금에 와서도 그 여자를 비하할 수 없는 건 그 외모 때문이다. 다른 건 몰라도, 그 하얗고 귀여운 얼굴은 정말이지 지금도 나를 조금은 얼큰한 감정에 취하게 한다. 성욕 말고, 그냥 마음으로만 느껴지는 그런 감정이 있다는 걸 그때까지는 잘 몰랐던 것 같다.

"우리 오늘, 족발 먹으러 가요."

그래서 그날, 이른 퇴근 후 같이 저녁을 먹으려고 만난 자리에서 그녀가 불쑥 제의를 해왔을 때 소스라치게 놀랐던 건, 아마도 먼 옛날 그 매정이 했던 말이 순간 머릿속에서 생생하게 울려퍼졌기 때문일 것이다. 사실은, 그 이후로 족발만 보면 그 매정이 했던 말과, 그 매정이 그렇게도 맛있게 먹던 모습이 자꾸 떠올라서 마음이 불편해지곤 했었다. 하지만, 그렇다고 족발을 못 먹을 정도였다는 뜻은 아니다. 나는 화들짝 놀라서 그 매정이 아닌 내 약혼녀의 얼굴을 쳐다보았다. 한순간이었지만, 내 약혼녀의 얼굴이 그 매정의 얼굴로 보였다.

벌써 삼 년 전 일이다. 나는 그때 다니던 회사가 아닌 더 조건 좋은 회사로 스카우트되어 이직을 했다. 덕분에 그 매징의 일을 아는 사람은 현재의 내 주위에는 아무도 없다. 다만 김 부장만이 예외였다. 이직 자체가 김 부장의 주선으로 이루어진 일이었고, 지금도 주거래처 고객이기 때문에 김 부장을 인생의 은인으로 극진히 모시고 있었다. 심지어 지금의 약혼녀 또한 김 부장의 소개가 아니었던들 만나지 못했을 것이다. 이래저래 김 부장에게는 빚진 게 많다. 여하튼, 놀란 내 얼굴을 본 약혼녀가 웃으면서 되물었다.

"뭘 그렇게 놀라요? 족발 먹으러 가자는 게 그렇게 놀랄 일이야?"

"아, 아니. 나는 뭐 파스타나 그런 거 먹으러 가자고 할 줄 알았지."

"아, 나 생리 끝난 지 얼마 안 되어서 그런가, 고기가 자꾸 땡겨요. 그러면 우리 족발 말고 순대국밥이나 뭐 그런 거 먹으러 갈까? 나 국밥도 좋아하는데."

그날 나는 팔자에 없는, 나도 그닥 자주 먹지 못하는 소고기육회를 그녀에게 사 주었다. 물론, 죄책감 따위는 없었다. 내 머릿속에 그런 게 들어 있어야 할 이유가 없다. 누가 뭐라고 해도 나는, 그렇게 나쁜 놈이 아니다. 그리고 내가 그렇게 큰 죄를 지은 것도 아니다. 어디까지나 최초 유포자는 내가 아니다. 그리고, 그 매정은 지가 죽고 싶어서 지 손으로 죽은 거지 내가 죽인 것도 아니니까.

그런데, 그런데 시바, 그놈이 나타난 거다. 그놈이.

"정XX 씨 맞으시죠?"

흔히 말하는 형사의 이미지와는 너무나도 동떨어진, 그야말로 백혈병 환자같은 앳된 얼굴의 남자는 솔직히 말하면 나이를 좀 가늠하기 힘들었다. 마치 여자처럼 생글생글 웃었는데, 시종일관 말하는 내내 그 생글거리는 웃음을 얼굴에서 거두지 않았다. 그럴 만도 했다. 웃는 얼굴에 침을 못 뱉는다는 말은 진리다. 다만, 웃는 얼굴을 목 졸라 죽이고 싶다는 생각을 한 건 인생에서 그렇게 많지 않았던 것 같은데, 정확하게 최초라고 기억하는 게 그 놈의 웃는 얼굴이다.

형사라고 했다. 그것도 강력계 형사라고 했다.

그런데 강력계 형사가 왜 뜬금없이 내게 돈을 요구하는지 알 수가 없었다. 그것도 사백만원이라는 돈을. 시바, 사백만원. 결혼을 앞두고 한 푼이라도 더 아껴야 하는, 그래서 담배까지 줄이고 있는 내게 사백만원만 달란다.

"제가 대체 왜 그쪽한테 사백만원을 줘야 한단 말입니까?"

"진짜 모르시는 건 아니죠?"

"진짜 모릅니다."

"진짜 모르신다고요?"

"네, 진짜 몰라요."

"그럼 좀 생각할 시간을 드릴게요."

그 말을 끝으로 그는 여유있게 담배를 피워 물었는데, 그 해끄무레한 얼굴과 담배가 정말이지 어울리지 않아서 나는 한참이나 그를 멀거니 쳐다보았다. 그가 담배를 피워 문 그 곳은 다름아닌 우리 회사 뒷마당 한켠에 놓인 벤치였다. 그곳은 우리 회사직원들이 애용하는 비공식적인 흡연구역이었지만, 다행히 그 시간에는 그 작자와 나 말고는 다른 사람이 없었다.

생각? 생각을 해 보라고? 아니, 내가 이 마당에 무슨 생각을 하란 말인가? 그냥, 그냥 뭔가 이 작자가 사람을 잘못 찾아왔나 보다고만 생각했다. 하지만, 몇 번이나 내 신상명세를 분명히 알려 주었음에도 그 작자는 그저 예의 그 생글거리는 웃음으로만 일관할 뿐이었다. 마침내 부아가 난 내가 한바탕 욕설이라도 퍼부어 그 자리를 쫓아 보내려고 마음먹은 그 순간, 그가 주머니를 뒤적이더니 사진 한 장을 내밀었다.

순간 머릿속이 하얘졌다. 두말할 것도 없이, 매정과 나의 정사장면, 지난날 나를 잠시 시끄럽게 했던 그 동영상의 한 장면을 캡쳐한 사진이었다. 그리고 그 순간, 나는 그냥 표정 관리를 깨끗이 포기했다. 해끄무레하다 못해 병자같은 안색을 한 미소년 같은 형사는 어깨를 으쓱 치켜 들어 보이며 웃어 보였다. 아주 희색이 만면한 웃음이었다.

"지나간 일인데요."

"물론 지나간 일이죠."

"지금 협박하시는 겁니까?"

"뭐 협박이라기보다는, 생각이 안 난다고 하시니까, 생각나게 해 드리려고."

"죄송하지만, 이걸로 절 협박하실 수 있다고 생각하시는 겁니까?"

"아 글쎄 협박 아니래두요."

그때 호주머니에서 휴대폰이 울렸다. 액정을 열어 발신번호를 보니 약혼녀였다. 저절로 그 작자의 눈을 정면으로 응시하게 되었다. 그 작자가 눈빛으로 받으라는 신호를 보내왔다. 잠시 망설이는 동안 등골을 타고 식은땀이 올라왔다. 결국, 한참 만에 통화 버튼을 눌렀다.

"여보세요."

─뭐하느라 전화를 이렇게 늦게 받아? 화장실 갔다 왔어요?

"아, 응. 배가 좀 아파서."

"아프지 마요. 건강 조심하구. 우리 식 올릴 날도 별로 안 남았는데, 저기, 나 스드메 다시 좀 알아보려고 하는데, 그래서 내일 스케줄 취소하려고. 그래도 되죠?"

스드메가 뭐였더라. 아니 젠장 그게 뭐가 문젠가 지금. 순간 욕을 한바탕 퍼붓고 싶은 충동을 필사적으로 억눌렀다. 스드메고 뭐고 그런 건 지금의 내게는 전혀 중요한 문제가 아니다. 전혀.

"아 뭐 알아서 해. 난 괜찮아."

-일부러 휴가 냈는데, 번거롭게 해서 미안해요.

"응, 저기 나 지금 급한 일이 있어서 나중에 내가 전화할게."

-그래요. 전화 못하면 카톡이라도 해.

"응, 끊어. 사랑해."

그렇게 얼렁뚱땅 전화를 끊기가 무섭게 형사가 킬킬대며 웃기 시작했다. 내가 형사를 노려보자 형사는 한참만에 웃음을 그치며 말했다.

"그 사랑하는 약혼녀 분과는, 뭐 좀 찍으신 거 없습니까?"

아 시바 근데 이런 쌍놈의 개자식이. 말이면 다란 말인가.

"뭐 그런 눈으로 보시면 어쩌자는 겁니까? 한 번 하면 두 번은 못하나요?"

"분명히 경찰에서도 진술했습니다. 최초 유포자는 제가 아니라고."

"어쨌든 에스넷 쪽에 넘긴 건 맞잖아요. 아닌가요?"

"글쎄 도난당한 거라고요."

"네네, 믿어 드리죠."

"아 근데 진짜......."

"중요한 건 말입니다."

형사, 아니 형사라고 자신을 소개한 그 작자가 내 말을 잘랐다.

"고의로 유출했고 도난당했고 뭐 그런 건 중요한 게 아니고요. 제가 좀 급전이 필요해서 말입니다. 보아하니, 약혼녀분은 아무것도 모르시는 것 같고요."

"최초 유포자한테 가서 물어보세요. 그런 건. 저도 피해자입니다. 그리고, 제 약혼녀도 아마 제 말을 믿을 겁니다."

"뭐 그럴 겁니다. 그 죽은 ○○씨 가족들과 친구들을 만나보기 전까지는, 아마 미래의 남편 역성을 들을 가능성이 다분하죠."

사실, 이때까지만 해도, 이성을 잃지 않을 자신이 있었다. 늘 그래왔듯, 이런 일은 별거 아닌 일이었다. 그랬다. 항상 세상만사를 심각하게 생각하지 않으려고 노력하며 살아왔다. 세상을 심각하게 생각하기 시작하면, 너무 많은 에너지를 소모해 버린다. 그러기에는 인생은 짧고, 내가 원하는 걸 내 마음대로 하기에도 시간이 모자란다. 그러니까, 그 매정과의 관계도 즐길 수 있는 동안에 아낌없이 즐긴 거고, 헤어진 후에는 뼈와 가죽까지 남김없이 울궈먹은 거다. 그깟 해프닝 따위가 내 인생을 망칠 수 있을 리가 없었다.

다행히, 이 작자가 요구하는 금액은 그리 큰 금액이 아니다. 마침내 나는, 흐트러진 정신을 완전히 수습하고 어질러진 머릿속을 완전히 정리했다. 오늘 저녁에는 사우나에 들러야겠다고 생각하며 나는 형사를 가장한 그 개자식에게 물었다.

"어디로 어떻게 보내드리면 됩니까, 사백만원?"


다행히도, 형사라는 작자는 그 사백만원을 끝으로 더는 연락을 해 오지 않았다. 역시 나는 행운아라고 생각했다. 행운의 신은 아직 나를 완전히 저버리지 않았다고 생각했다.

그러나, 형사가 일러주는 계좌번호로 입금한 그 돈은, 나를 떠나면서 나의 평정심마저 함께 들고 떠나 버렸다는 사실을 뒤늦게 깨달았다. 더 이상 그 전처럼 평온한 일상으로 돌아갈 수 없게 되었다는 것을 처음으로 깨닫게 된 순간은, 돈을 입금한 다음날 회사에서 찾아왔다. 전에 결코 하지 않았던 업무상의 실수를 저질렀고, 결국 그 일로 인해서 직속 상사를 포함한 상사들로부터 진에 없던 호통을 듣고 말았다.

엎친데덮친 격으로 아버지께서 쓰러지셨다. 자연히 나와 약혼녀의 결혼식 연기가 불가피해졌다. 다행히 아버지의 병세는 생각만큼 위중하지 않았다. 결혼식은 원래 예정되어 있던 날짜에서 두 달 정도 미뤄졌지만, 그 정도로만 해도 다행스러운 일이었다.

그러나,

어찌 된 셈인지, 나를 보는 사람들의 시선이 곱지 않았다. 길에서든, 회사에서든, 심지어는 가족들마저도, 이상하게 나를 보는 눈길이 곱지 않다는 느낌이 들었다. 어디에서든 나를 빼고 모여있는 사람들을 볼 때면, 그들이 나를 힐끔힐끔 쳐다보며 뭔가를 쑥덕거리고 있다는 착각에 사로잡히곤 했다. 어쩌면 착각이 아닐 수도 있겠다는 생각이 들었다.

왜 그 동영상에 찍힌 사람이 그 매정만이 아니라는 사실을 미처 생각하지 못했던 걸까. 그 동영상에는 내 얼굴도 버젓이 찍혀 있다. 물론 유출된 동영상에서는 내 얼굴이 교묘하게 모자이크 처리되어 있었지만, 모자이크 처리가 되지 않은 동영상이 나돌고 있지 않으리라는 법이 없지 않은가.

빌어먹을 형사 자식.

그 개자식이, 분명한 증거를 가지고 있었다. 바로 내 얼굴이 선명하게 찍혀 있던 그 사진 말이다.

다행히, 약혼녀와 그녀의 집안 사람들은 아무것도 알지 못한다. 나를 성실하고 반듯한 사람으로 여기고 있고, 나를 신뢰하고 있다. 나에 대한 뒷조사 따위는 하지 않고 있는 것 같다. 하지만, 언제든 그들이 나를 뒷조사하지 않으리라는 법은 없다. 아니면 뒷조사를 하고도 입을 다물고 있는 걸까. 차라리 그랬으면 싶다. 이 나라는 남자들에게 관대하고, 또 관대해야 한다. 남자라서 한 번쯤 저지를 수도 있는 문제에 대해서는 특히나 그러하다. 전에 그 매정 건으로 조사받았을 때 한 경찰관이 내게 했던 말은 백번 지당하신 말씀이다.

−젊은 사람 앞길 망치면 곤란하지.

그렇다. 남자가 가오가 있고 자존심이 있지, 여자가 감히 발칙하게도 먼저 이별이라는 말을 꺼내는 데 그걸 응징하지 않으면 그게 남자인가? 물론 좀 과격한 방법이기는 했다. 끝이 좋지 못했다는 것도 인정한다. 하지만, 하지만 설대로 그세 내 인생을 밍칠 수 있을 정도의 중범죄는 아니라고 생각한다. 겨우 그깟 일로 이런 정신적 고통을 겪는다는 건 부당한 노릇이다.

정신적 고통?

허, 그럴 리가 없다. 이 내가 이만한 일로 정신적 고통 따위를 받다니 말도 안 된다. 내가 뭘 잘못했다고, 내가 뭘 어쨌다고 정신적 고통을 겪어야 하는가.

그날 밤, 한 통의 전화가 걸려 왔다. C였다. 죽은 그 매정의 친구였다. 그 매정의 친구년이라는 걸 안 순간 전화를 끊어버렸어야 했지만, 하필이면 곁에 약혼녀가 있었다. 나는 회사 전화라고 둘러대고 슬쩍 베란다로 나와서 전화를 받았다.

-잘 살고 있나 보네.

"용건이 뭐야?"

-그런 거 없어. 그냥 아직도 잘 살고 있는지 그게 궁금해서.

"잘 살고 있으면 어쩔 건데?"

어쩐지 실수인 것 같다는 생각을 하면서도 결국 그렇게 되묻고 말았다.

"그냥, 기억하고 있으라고. 너 지켜보는 사람들이 있다는 거."

"지켜보면 또 어쩔 거고?"

스마트폰 너머로 들려오는 숨소리는, 뭔가 할 말을 찾고 있는 듯했다. 나는 그 숨소리가 침묵을 지키도록 내버려두었다. 그럴 수밖에 없었다. 그 매정이 죽고 난 다음날, 지금 내가 듣고 있는 목소리의 주인이 눈에 핏발을 세우고 했던 말이 기억났기 때문이다. 네가 사람이냐? 내가 너 그냥 둘 줄 알아? 너 지켜본다, 내가. 걔가 뭘 잘못했다고 네깟 놈한테 그런 식으로 짓밟혔어야 해? 네깟 게무슨 권리로 걔를 죽게 했냐고?

나는, 아마도 내가 죽인 게 아니라는 말을 했던 것 같다. 법적 처벌 같은 거 안 받는다고, 그러자 그 C라는 년은, 법적 처벌? 그 한마디를 따라하고는 코웃음을 치며 나를 노려보았다. 그 눈길이 조금은 섬뜩해서, 나중까지도 가끔 기억이 났었다. 사실은 지금도 그 핏발을 세웠던 눈을 떠올리고 있는 중이다.

그리고 사실은 그 말도 말이다. 네깟 게 무슨 권리로?

"너, 참 세상 쉽게 산다?"

"그 말 하려고 전화했냐?"

더는 들을 말이 없을 것 같아서, 때마침 베란다 문을 열고 나를 빼꼼히 쳐다보는 약혼녀의 얼굴이 보여서 나는 그만 휴대폰의 통화 버튼을 종료시켜 버렸다. 그리고는 의아한 눈으로 나를 쳐다보는 약혼녀에게 말했다.

"나 내일 아무래도 야근해야 될 것 같다."

그 말을 하는 내 표정이 어땠든 간에, 그 말이라면 어쨌든 심각한 의심을 사지는 않을 거라고 생각했다.


그 전직 형사놈이, 그 개 같은 작자가 나를 또 찾아왔다.

내 피맺힌 돈을 꿀꺽한 덕분인지는 몰라도, 처음 만났던 그때보다 안색이 훨씬 좋아져 있었다. 그는 그때와 마찬가지로 내게 사백만원을 요구했다.

이번에는, 그때처럼 그렇게 고개를 빳빳이 세울 수가 없었다. 어째서인지는 모르지만, 내 인생이 뭔가 지금까지 그랬던 것처럼 순탄하게 굴러가고 있는 것 같지 않다는 직감을, 얼마 전부터 받고 있었기 때문인지도 모르겠다. 그러나 문제는 그 단순한 직감만이 아니다.

갑자기, 모든 게 소중해지기 시작했다.

이 평범한 일상이, 회사를 다니고 미래를 설계하고 내 미래를 함께할 동반자와 함께 둘이서 꾸려갈 생활에 대해 고민하는 이 일상이 너무나도 내게 절실해졌다는 뜻이다. 주말이 되면, 아직은 부모님과 함께 밥을 먹고, 자질구레한 일상이나 그날의 뉴스 혹은 날씨 따위에 대해 이런저런 이야기를 주고받고, 때로는 친구들과 어울려 술을 한잔 하기도 하는 그런 일상이 너무나 소중해졌다는 뜻이다.

정확히 말하면, 잃어버리고 싶지 않은 어떤 것이 있었다. 평온함이라는 단어만으로는 설명할 수 없는 어떤 것 말이다. 그것이 깨어지는 순간, 내가 어떻게 될 지 나는 알 수 없었다. 그리고 그것이 깨어지는 그 순간에 직면할 마음의 준비는, 현재의 나로서는 전혀 되어 있지 않았다. 그것이 내 앞에 놓인 처지였고 현실이었다.

그래서 나도 모르게 형사에게 애걸복걸했던 것 같다.

"제발 한 번만 봐주십시오. 돈은 마련되는 대로 보내드리겠습니다. 언제라고 확답을 드릴 수는 없지만……"

"저는 내일 당장 필요한데요. 뭐 정 마련이 어려우시다면, 이번 주까지는 기다려 드리지요."

"정말 뭔가 오해를 하신 것 같은데요. 저도 피해자란 말입니다. 저도 억울하게 고통받은 사람이라고요. 형사시라면서요. 그때 그 사건에 대해서도 잘 아시잖아요. 그러면 적어도 저한테 이러시면 안 되시는 거 아시잖아요."

"아, 그래서 말입니다만."

형사는 팔을 돌리고 등을 구부려 견갑골을 움직여 스트레칭을 하는 시늉을 했다.

"아이고 요새 운동을 통 안 했더니 몸이 뻑쩍지근하네. 아, 하던 얘기 말인데요. 그 당시에 아무런 피해자로서의 조치를 취하지도 않으셨으면서 이제 와서 피해자라고 우기시면 어떡합니까? 그리고 솔직히 우리끼리니까 까놓고 말하는데, 일부러 퍼뜨린 거 맞잖아요?"

"아 진짜!"

하마터면 뇌출혈을 일으킬 뻔했다. 그 정도로 강한 혈압이 뒷목을 타고 치솟았다. 현기증이 나는 것을 억지로 참는 동안 형사가 다시 말을 이었다.

"아니 뭐 저도 젊은 사람 인생 망치긴 싫고요. 그러니까 좋은 게 좋다고, 사백만 더 땡겨 보라는 거죠. 아닌 말로, 여자란 알다가도 모를 동물인데, 혹시 알아요? 댁의 그 약혼녀, 그 사랑스러운 약혼녀가 자기 약혼자의 실체를 알면 충격을 받아서 자살할지? 그 전에 죽은 ○○씨가 그랬던 것처럼?"

–혹시 알아요? 댁의 그 약혼녀, 그 사랑스러운 약혼녀가 사실을 말면 충격을 받아서 자살할지?

그랬다. 그 말 때문에 결국 대출을 받은 거다.

그 작자가 다녀간 이후, 나는 내 약혼녀가 그 일을 알았을 경우에 벌어질 수 있는 모든 종류의 사건에 대해 모든 경우의 수를 상상하기 시작했다. 진심으로, 혼신을 다해 내 모든 상상력을 다 동원했다.

파혼, 물론이나. 피할 수 없겠지. 아마 죽기보다 괴로운 수모를 당하고 욕을 듣고, 그래 그것도 피할 수 없겠지. 하지만 그런 것들은, 이미 겪어본 바다. 다 괜찮다. 하지만.

자살.

지금의 내 소중하고 사랑스러운 약혼녀는 그 매정과 다르다. 다르다고 믿고 싶다. 어떤 일이 있어도 나를 떠나지 않을 거라고 믿고 싶다. 하지만, 내게 어떤 욕설을 퍼붓든 혹은 내 앞에서 어떤 대성통곡을 하든 아니면 히스테리를 일으키든, 그 다음날 싸늘한 시체로 발견되는 걸 상상하면. 아, 나는 미쳐버릴 것 같다.

그런 상황만큼은 감당해 낼 자신이 없다.

솔직히 그 매정의 자살과 내 약혼녀의 자살 사이에 어떤 차이가 있는지는 모르겠다. 하지만, 내 약혼녀의 자살을, 그 매정의 자살과 동급으로 취급할 수는 없을 것 같다. 게다가 내 약혼녀는, 내 아버지나 어머니와는 비교도 안 될 만큼 든든한 뒷백이 있는 집안의 여식이다. 만약 그녀가 잘못되었을 경우 그 후폭

풍은 나 하나로 끝나지 않는다. 어쩌면 내 가족들에게도 영향이 미칠 수 있다.

아마도 시간은 내 편일 것이다.

그러나 내게는, 당장 그 형사놈을 달랠 시간이 그리 많지 않았다. 결국 나는 은행을 찾아갔고, 은행 직원을 붙들고 사정한 끝에 추가 대출을 받을 수 있었다.

내 계좌로 들어온 돈을 그 자리에서 형사놈이 일러준 계좌로 이체시키는 데 30분이 걸렸다. 보이스 피싱 방지를 위한 이체한도에 걸리는 바람에 두 차례에 걸쳐 입금해야 했다. 은행을 나서면서, 아무래도 뱅어포를 다시 찾아봐야겠다는 생각이 들었다. 삼 년 전, 돈을 받는 댓가로 동영상을 넘겼던, 그 에스넷 운영자의 친구인 최초 유포자 말이다. 그 개자식을 만나볼 필요가 있었다. 죄질이 나쁘기로 따지자면, 어디까지나 그 자식이 나보다 백만 배는 더 악랄하다. 거듭 주장하지만, 나는 사람들이 말하는 것처럼 그렇게 나쁜 놈이 아니란 말이다.

당연히 예상했던 바였지만, 에스넷 운영자의 측근은 휴대폰 번호를 바꾼 지 오래였다. 그 작자의 새로 바뀐 연락처와 주소를 알아내는 데 며칠이 걸렸다. 그러는 동안, 탈 없이 굴러가던 회사 일이 삐걱거리기 시작했다. 전에 하지 않았던 실수가 잦아졌다. 어쩌면 당연한 결과였다. 일할 때만큼은 빈틈없이 집중하던 나였지만, 요 얼마간 그 쌍놈의 개자식, 형사를 사칭하는 개자식에게 들들 볶이느라 집중력이 흐트러진 것이다.

그 매정과 그 짓을 하는 모습을 동영상으로 촬영할 생각을 했던 것도. 따지고 보면 스트레스를 해소하려는 단순한 욕망에서 출발했던 거다. 그게 뭐가 나쁜가. 심심할 때 틀어놓고 보고 있자면 마음이 흐뭇해졌다. 꽤 괜찮지 않나 하고 생각했다. 이만큼 정열적으로 수컷의 힘을 발산할 수 있다는 걸 과시하는 데 부족함이 없는, 필름. 그러니까, 그 자체로 부족함이 없는. 처음부터 유포를 목적으로 찍었던 것은 결코 아니라고 단언할 수 있다.

인생 참 쉽게 산다고들 말하지만, 요즘 내 인생만큼 피곤한 인생이 또 있을까. 결국 나는 내가 맡기로 되어 있던 파워포인트 자료 준비와 프리젠테이션 발표를 윤 대리라는 놈에게 다 떠넘겨 버렸다. 그 때문이었을까, 회사 사람들의 나를 향한 미묘한 태도 변화가 한층 뚜렷하게 느껴지기 시작했다. 무슨 말을 해도 대충 얼버무리며 급히 텀블러 혹은 가디건을 챙겨들고 나가는 여직원들, 저만치에서 나를 보며 쑥덕이는 어린 애송이놈들.....

급기야, 어느 날 저녁 김 부장으로부터 좀 보자는 연락이 왔을 때, 나는 드디어 올 것이 왔음을 직감했다. 김 부장은 여느 때 같으면 꼼장어집 혹은 순대국밥집 같은, 술 한잔을 편안하게 걸치기에 부담없는 장소로 나를 불러내곤 했었다. 오늘 그가 나를 불러낸 장소는 그 에스 자가 들어가는, 매정과 내 약혼녀 둘 다 좋아했던 그 고급 다방이었다. 나는 그곳을 '스타쉽스' 다방이라는 나만의 은밀한 별칭으로 불렀었다.

"곤란하게 됐어."

"네?"

"자네 회사 말이야. 윗선에서 그 일을 알아버린 것 같아. 내 입장이 아주 난처해졌단 말일세."

순간, 눈 앞에서 진짜 별이 보였다. 하늘에서 빛나는 별, 그 별이 눈 앞에서 전자파를 내쏘며 타원형의 궤도로 뱅글뱅글 돌있다. 하나도 아니고 몇 개가 동시다발적으로.

"자네의 업무실적이 나쁘지 않아서, 그냥 넘어가려고 했었나 본데, 일이 그렇게 안 된 것 같아. 나한테 전화가 왔더라고. 자네한테 직접 얘기하는 것보다는 내가 중간에 전달하는 게 나을 것 같길래 그러겠다고 했어."

"그러니까……"

"뭐, 남자니까 그럴 수 있지. 남자가 같은 남자 편을 안 들면 누가 들겠나. 그런데 말이야. "

그러니까 이건 우회적인 권고사직이다. 누군가가 작정하고 나를 찌른 게 분명했다. 누굴까. 윤 대리? 박 과장? 아니면, 설마 그 형사놈이? 그럴 리가. 나는 분명히 돈을 입금했다. 이런 반칙을 해 올 이유는 없다. 더구나 사전 예고도 없이.

"곧 결혼도 해야 하니까. 조만간 지방 발령 신청서 내려올 거야. 그냥 눈 딱 감고 지원해."

"하지만 그렇게 되면."

"몇 달이야, 아니 서너 달 정도. 그 정도만 참으면 소문 같은 거 잠잠해질 거고, 그때 다시 올라오면 돼. 서울에서 멀지도 않아. 심각하게 생각할 거 없어. 여자 문제, 솔직히 살면서 한두 번은 다들 겪고 넘어가는 일이야. 자네 같은 경우는, 좀 특이하긴 하지만."

"……"

"그래도 나는 자네 편이야. 자네는 유능하고, 더구나 그 아이, 자네랑 결혼할 그 아이를 봐서라도 내가 자네를 서운하게 하면 안 되지. 그런데, 그거 정말 해킹당해서 유출된 거 맞지?"

"네? 해킹요?"

"자네가 전에 그랬잖아. 해킹당한 거라고. 자네가 직접 돈 받고 넘겼다는 말, 그거 다 헛소문이라고. 죽은 그 여자가 퍼뜨린 거라고."

그러고 보니, 경찰서에서 마구잡이로 둘러댄 변명 중에 그런 변명도 있긴 했었다. 그런데 이제 와서 그걸 자꾸 들먹이는 저의가 뭔가. 아닌 말로, 돈 받고 넘겼으면 어쩔 거냐는 질문이 목울대를 타고 올라오고 있었다. 하지만 참아야 한다. 이 사람은, 현재로서는 거의 유일무이하게 내 편에 서 있는 사람이라고 할 수 있다. 웃는 얼굴이 딱 안동하회탈을 연상시키는 이 사람좋은 김 부징에게 내가 겪고 있는 이 말 못할 고민, 협박에 못 이겨 돈을 뜯기고 있는 이 상황을 털어놓고 조언을 청하고픈 충동이 일었지만 그 또한 참아야 했다. 그랬다가는, 정말로 해서는 안 될 말까지 해버리게 될 지도 모를 일이었다. 지금으로서는 김 부장에게 많은 걸 바랄 수 없는 상황이었다.

시바, 나는 눈 앞에 놓인 스타쉽스 커피를 단숨에 들이켰다. 지독하게 썼다. 맛도 없었다. 내가 어쩌자고 이런 쓰고 맛없는 커피를 주문했던 걸까. 그것도 내 돈으로.

아버지는 결혼식 날짜를 앞당기라고 채근하셨고, 나는 서둘러 내 오피스텔을 정리할 준비를 했다. 물론, 그렇게 되기까지는 예비 장인어른의 도움이 컸다. 결국 모자라는 전세금을 마련해 준 쪽은 예비 장인어른이었다.

"그러니까, 우리 가구 보러 가면 제일 먼저 에어컨부터 살펴봐요. 다른 건 몰라도 나 더위 엄청 타거든."

요즘 들어 약간 기운이 없어 보이는 건, 아마도 벌써부터 조짐을 보이는 예비 시부모님과의 고부갈등 때문일까. 물론 부모님은 내 약혼녀를 매우 마음에 들어하셨지만, 나의 과거를 두 분 다 알고 계신만큼 그 문제를 그녀에게 들킬 것을 염려해서인지 되도록 그녀와의 자리를 피하려고 하신다. 그것이 내 약혼녀에게는 자신을 마음에 들어하지 않는 시부모님의 강짜로 해석되는 모양인데, 그런 게 아니라고 넌지시 언질을 주었지만 아무래도 곧이듣지 않는 눈치다. 사실, 형사놈에게 볶이기 시작한 이후로는 나 또한 이 약혼이 결혼으로 이어지는 상황이 두려워지기 시작했다.

하지만, 하고 나는 속으로 중얼거렸다. 그 문제 때문에 언제까지나 결혼도 못하고 총각으로 늙어갈 수야 없지 않은가. 물론 그 매정은, 결혼도 못하고, 그렇게, 허무하게, 죽었지만, 그래도, 그건, 그 매정이, 대범하지, 못했던, 탓이다, 결코, 내 탓이, 아니다. 결코, 내 탓이, 아니다. 결코, 내 탓이 아니다......

"내 탓이 아니야."

"뭐?"

아뿔싸, 내 약혼녀의 뽀얀 얼굴이 의아한 표정으로 나를 쳐다보고 있다. 나도 모르게 혼잣말을 하고 말았다.

"뭐가 자기 탓이 아닌 거야? 무슨 일 있어요?"

"아아......회사에서 좀 실수를 했어. 그런데 그게, 전적으로 내 탓이라고만 하기에는, 좀 억울해서."

"회사라는 게 다 그렇죠. 아, 덥다."

약혼녀가 리모컨을 들어 에어컨 쪽으로 돌린 후 버튼을 누르자 꺼져 있던 에어컨이 낮은 숨소리를 내며 돌아가기 시작했다.

"이 열대야가 가실 때쯤이면 이 오피스텔과도 안녕이네?"

그렇다. 이 오피스텔과도, 그 매정과의 지긋지긋한 과거와도 완전히 결별해야 한다. 그거야말로 내 인생 전체를 통틀어 가장 절박한 과제이다.

뱅어포란, 다름아닌 에스넷 운영자 측근놈의 별명이었다.

뱅어포의 연락처를 알아내는 데는 성공했는데, 시바, 이 빌어먹을 잡놈이 전화를 안 받는다. 신호는 가는데, 받질 않는 거다. 전화로 약속잡기를 포기하고 뱅어포의 거처로 발길을 옮겼다. 뱅어포의 거처를 알아내는 데도 꽤 시간이 걸렸다.

"그 잡놈, 출국했어요."

"출국요?"

"네, 필리핀 어디로 갔다던데요."

그 말을 들려 준 사람은 뱅어포가 세든 집의 집주인이었다.

"그 잡놈 때문에 경찰이 들락거려서 한동안 머리가 아파 죽는 줄 알았어요. 무슨 음란사이트 운영에 관여했다던가 해서 그것만 있나 했더니, 뭐 보이스피싱에다가, 하여간 전력이 화려하더라고요."

다소의 안도감마저 느껴졌다. 그것 보라고, 진짜 나쁜 놈은 내가 아니라니까.

그러나 어쨌든, 뱅어포를 만나서 그 건에 대한 진지한 대화를 나눠봐야겠다는 내 계획은 일단 물거품이 되고 말았다. 돌아오는 발

걸음이 이상하게 허무했다. 자꾸만 다리에서 힘이 빠졌다. 동지를 잃은 기분이라고 생각하다가 스스로를 나무랐다. 동지라니, 그런 놈과 나를 동급으로 엮으면 안 돼.

하지만, 언젠가 그 매정의 또다른 지인인 B라는 년이 울부짖으며 길거리에서 내게 달려들던 생각이 나서 문득 발길을 멈추고 만다. 그러고도 낯짝 들고 뻔뻔하게 돌아다니냐? 사람을 죽게 해놓고? 아 시바 내가 누굴 죽였는데? ○○이, 너 때문에 죽었어. 네가 죽인 거야. 그것도 그냥 죽였니? 그냥 곱게 죽였어? 걔 죽기 전에 무슨 약을 얼만큼 퍼먹었는지 네가 알기나 해? 시바 그러게 누가 고소 같은 거 하래? 그럼 너 같으면 고소 안 해? 한 여자 인생을 어떻게 파괴했는데? 경찰서 가서 지 입으로 그거 다 불고 하나하나 적나라하게 얘기하고, 댓글로 올라오는 그 드러운 개보땡 쇠잠땡 욕 다 자기 손으로 일일이 써서 옮기고, 맨정신으로 잘 살길 바랬어? 걔 죽기 전에 정신병원 들락거리면서 먹은 약이 뭔지 알기나 해? 프로포폴, 스틸녹스, 졸피뎀, 먹고 나서 오줌 누면 파란 오줌이 나오는 약

들, 그런 독한 약을 얼마나 퍼먹었는지 네깟
게 알기나 하냐고 이 개쓰레기야!!

나는 일단, 주위에 몰려드는 사람들을 피해
달아나기에 바빴지만, 그래도 그년은 줄기차
게 나를 쫓아왔다. 결국 돌아서서 한 마디 할
수밖에 없었다. 네가 걔 입장이면, 그럴 수
있.......? 아니 시바 내가 걔 입장이 될 일이
뭐가 있어? 뭐 걔가 내 딸이라면? 걔가 내
딸이야? 걔가 내 여동생이면? 야 나 여동생
없거든? 난 내 여동생 것도 올리라면 올려
시바. 좋게 말로 할 때 꺼져. 확 네년까지 따
먹고 찍어서 올려야 정신 차릴래 이 잡것아?

말이야 바른 말이지. 내가 여자 입장이 될
일이 뭐가 있어. 남잔데, 남자로 태어났는데.
시바 죽었다 깨어나면 모를까, 그 전에 내가
여자 될 일이 없는데, 군대도 갔다 온 상남잔
데. 아닌 말로 내가 변태면, 대한민국에 변태
새끼 아닌 놈이 없다. 나는 지극히 평범한 인
간일 뿐 그 이상도 그 이하도 아니다. 내가
한 짓은, 약간의 정도가 심한 장난, 그 이상
도 이하도 아니다. 그게 아니라면, 경찰이 미
쳤다고 내게 그토록 관대한 처분을 내렸겠는
가? 자기들도 달고 나온 남자니까, 남자의 입

장을 헤아릴 줄 아니까 그런 거다. 찢어져 태어난 것들끼리 편들 줄 모르는 여자들하고는 다르단 말이다. 존중? 태어나서 들은 밀 중 가장 설득력 없는 말이 '여자를 존중하라' 였다. 가랑이 사이가 터진 것들, 다리를 벌리라면 벌려야 마땅한 것들을 내가 왜 존중해야 되는데?

그러니까, 상대가 나의 뭐가 됐든 일단 '여자'라면 난 그 입장이 될 일이 없다. 억울하면 그들도 남자로 태어났어야 했다. 나의 약혼녀라고 예외일 줄 아는가? 지금은 조심해야 할 때다. 일단 결혼하고, 새끼를 깐 다음에는, 그 다음에야 나의 과거를 알게 된다 한들 싫어도 어쩌겠는가. 새끼를 봐서 참고 살겠지. 만약 참지 못하겠다면, 그건 그때 가서 생각하기로 하고.

"하늘에 계신 우리 아버지......"

또 시작이다.

퇴근길, 내가 사는 오피스텔이 자리잡은 동네 어귀에 자그마한 교회가 있다. 그 교회의 독실한 신자로 추정되는 어떤 삐쩍 마른 사내가, 이 시간만 되면 어김없이 성경책을 들고 서서 복음을 전파한답시고 성경 구절을 한참

읽어댄다. 대개는 내가 모르고 또 알고 싶지도 않은 난해한 내용들이 대부분이지만, 오늘처럼 더러는 주기도문 같은 쉬운 기도문을 읊기도 한다. 오늘은 주기도문이구나.

"이름을 거룩하게 하옵시며, 나라에 임하옵시며, 그 뜻이 하늘에서 이루어진 바와 같이 땅에서도……"

지겹다. 진절머리나게 지겹다. 나를 둘러싼 모든 것들, 암울한 이 상황들, 모든 것들이 그냥 지겹다. 그 와중에 낭랑하게도 울려퍼지는 저 주기도문을, 왜 오늘은 멈춰서서 듣고 있게 되는지 모르겠다. 내가 귀신에 홀린 모양이다. 그 매정이 귀신이 되어 나를 홀리기라도 한 건지는 모르지만 어쨌든.

뉴스에서 뱅어포 놈이 실종되었다는 기사가 보도되었다. 실명이 언급되지 않았지만, 뱅어포 놈이라는 걸 직감적으로 알 수 있었다. 왜 실종되었을까. 살해당한 걸까.

마침내 결혼식이 두 주 앞으로 당겨졌고, 준비는 착착 진행되었다. 김 부장이 당부했던,

지방 부서로의 발령은 아직 정식으로 내려오지 않고 있었다. 만약 그렇게 된다 해도 당분간만 주말부부로 지내면 된다. 문제될 것은 없다. 그래 그러면 그렇지. 그렇게 허무하게 종치려고 태어난 인생이 아닌 거다. 문제없다.

문제없다, 라고 생각했을 때 다시 휴대폰이 울렸다.

또 그 형사놈이었다.

이번에는 전화를 받지 않았다. 하루 종일 울리든 말든 내버려 두었다. 시도때도 없이 전화를 걸어 왔지만, 일일이 다 씹었다. 연락 올 데가 많지 않았다면 그냥 휴대폰의 전원을 꺼 버렸을 것이다.

그날 밤, 처음으로 약국에 가서 신경안정제라는 것을 구입했다. 사실은 이거 처방전이 필요한 약인데요, 하고 약사가 미안한 기색이 역력한 표정으로 말했다. 그냥 처방전 깜박하고 안 가져오신 걸로 할게요. 사실은 저도 가끔 먹는 약이거든요.

결국 형사놈은 회사로 찾아왔다. 그리고 뻔뻔스럽게 돈을 요구했다. 또 다시 사백만원. 이로써 그 개쌍놈이 가져간 돈은 천이백만원이 된다. 아니, 그렇게 놔두진 않을 것이다.
나는 그의 세 번째 요구를 단호하게 거절했다.

"이번엔 안 됩니다."

"약혼녀 분은 어쩌시려고요?"

"마음대로 하십시오. 폭로하든 말든. "

"아, 그래요? 진심이십니까?"

"네 마음대로 하세요."

"후회하실 텐데요."

"그런 말 함부로 지껄이지 마 이 개자식아."

"하하하하하."

해끄무레한 형사놈이 해맑게 웃었다. 빌어
먹을, 역겹도록 상쾌한 웃음소리를 내뱉으면
서.

"개자식은 제가 아니라 그쪽이잖습니까."

"그래서 어줍잖게 지금 훈계하는 거야 개자
식아?"

"아우, 훈계는 무슨. 실은 제가 경찰 관둔
지 좀 되어서......"

"그러니까 시바 지금은 형사가 아닌 거네
이 사기꾼아."

"어쨌든, 한 번만 딱 한 번만 융통 좀 해주
시죠? 결코 많은 돈은 아닌데."

"많고적고 간에 더 이상은 안 돼."

"그 동영상, 그 웹하드 140짜리 '생식기' 동영상 말인데요. 그거 아직도 잘 돌아다니고 있는데 말이죠."

하마터면 토할 뻔했다. 그가 '생식기'라고 에둘러 표현한 것이 실제로 어떻게 불리는지는 이미 알고 있었다. 하지만 그걸 떠올리면서 토하고픈 충동을 느낀 것은 이번이 처음이다. 아무래도 어제 먹은 약 때문인 것 같다.

"저도 피해자입니다."

"아니 누가 뭐라 합니까? 피해자 하세요. 누가 피해자 하지 말랬습니까?"

"가해자가 아니라 피해자라고요! 그 뱅어포 개자식이 수배 중이잖아요? 그 개자식이 작정하고 다 꾸민 일이란 말입니다!!"

"아, 네. 뱅어포 씨 말씀이십니까? 그 사람 지금 실종 상태인 것도 알고 계시겠네요. 물론 저도 압니다. 그때 그 뱅어포 씨도 같이 수사 대상이었으니까. 그런데 말입니다. 그 뱅어포 씨가 그쪽을 위협해서 강제로 동영상을 찍게 하고 그걸 탈취해 간 건 아니지 않습니까?"

"그러니까, 최초 유포자는."

"아 말귀 못 알아듣네 시바."

발칙하게도 이 개자식이 내 말투를 흉내낸다. 어울리지 않게, 아주 해맑은 목소리로. 눈웃음까지 쳐 가며 내 눈치를 살핀다. 이것 봐라?

"애시당초 그딴 걸 찍기는 왜 찍었냐고. 이거 이제 보니 인생 참 쉽게 살려고 하네? 감방에서 썩을 걸 좋게 훈방조치 해줬는데 은혜도 모르고."

하아.

"세상에 공짜 없어요. 예비 새신랑님. 면죄부를 날로 먹으려고 하면 쓰나. 아마 나중에 깨닫게 되겠지만, 그거 큰 돈 아니야. 그래도 어쨌든 같이 살 맞댔던 아가씨는 죽었는데 혼자 멀쩡하게 살아서 결혼 준비도 하고 있고 그러네. 응. 같이 좀 삽시다? 남자끼리 서로 좀 도와가면서?"

"……"

그날, 난생 처음으로 현기증이라는 걸 경험했다. 그러고 보니, 검찰에서 최초로 전화가 걸려왔던 날, 이런 걸 한 번 느꼈던 것도 같긴 하다. 그러나 그 강도는 비교가 되지 않을 정도로 이번이 심했다. 아무래도, 그 처방전 없이 받아온 약을 더 먹지 않는 게 좋을 것 같다. 내가 침묵을 지키자 형사가 담배를 꺼내들며 말했다.

"이번 주까지 좀 부탁합시다. 아 참, 그리고 새신랑 형씨, 라이터 있으면 좀 줘봐요?"

그러니까, 그러니까, 그러니까.

그 빌어먹을 뱅어포 놈만 잡으면, 나의 무죄가 입증이 될 수 있는데, 그 뱅어포 놈이 다 저지른 건데, 나는 죄가 없는데, 나는 아무 죄도 없는데.

－뱅어포가 시켰어요?

아니, 뱅어포한테 뒤집어씌우면 다 끝날 일이다. 그러면 된다. 뱅어포가 시켜서 찍었든 내가 내 멋대로 찍었든 그게 뭐가 대수인가. 그냥 모든 건 뱅어포 놈이 저지른 거다. 그냥 그 개자식이 날 협박해서 그걸 찍었고, 그걸 강제로 가져간 거라고, 그렇게 둘러대면 끝인 거다. 그게 아직도 돌아다니고 있는 것 또한 내 책임이 아니다. 그걸 다운받은 놈들이 멋대로 퍼뜨리는데, 그 중에는 그걸 증거로 가져간 경찰 놈들도 한 둘은 있을 건데, 그걸 나보고 어떡하라고. 시바 내가 그걸 지금까지도 퍼뜨리고 다니고 있단 말이야?

그러나 문제는, 그 뱅어포 놈이 감감 무소식이라는 거다.


마침내 다음 달을 기점으로 회사에서 경기도로 내려가라는 지시가 떨어졌고 나는 순순히 지시에 응했다. 다행히도, 나를 둘러싼 사람들의 수런거림은 어느 정도 소강 상태라고 판단이 된다. 여전히 전처럼 꺼리낌없이 나를 대하지는 않지만, 업무와 관련된 대화는 무리 없이 진행된다.

사실은, 이번에 새로 들어온 계집애가 아주 예쁘다. 그 계집애 또한 그 일을 알고 있고, 나를 혐오하고 있을지가 좀 궁금하다. 내 약혼녀에게는 좀 안 된 얘기지만, 그 계집애를 보고 있자니 결혼을 좀 서둘렀나 싶기도 하다. 차라리 이 참에 약혼녀를 갈아탈까.

하지만 그 계집애는 조심성이 많아 보이고, 무엇보다 요즘 페미니즘이다 뭐다 해서 사내 성희롱 예방 지침마저 내려온 지금에 와서 그 계집애에게 접근하기가 도통 쉽지가 않다. 게다가 나 말고도 그 계집애에게 눈독을 들이고 있는 놈들이 여럿 있다. 그 중 내표 주사가 다름아닌 윤 대리 놈이다. 이미 작년에서 결혼해서 애까지 있는 놈이 발칙하게도 말이다.

저 놈만큼은 그 일, 이미 내 인생의 걸림돌이 되어 버리고 만, 내 발등에 찍힌 도끼가 되어 버린 그 일을 몰라줬으면 싶다. 저 놈이 알게 되는 순간, 안 그래도 충분히 고달픈 내 인생이 얼마나 고달파질지는 알 수 없는 노릇이다.

기소유예.

그때까지 그 말의 의미를 몰랐다. 정확하게 말하면, '유예'라는 단어의 의미를 몰랐던 것이다. 유예. 그냥 심판의 시간을 하염없이 질질 끌고 있음을 의미하는 그 단어에 발목잡혀, 내 인생의 황금기에 해당하는 이 찬란한 시간들이 끌려다니고 있다. 그 짜증나는 매정이년 때문이다. 그 년을 만났던 게 내 인생 최대의 실수다. 한때 내게 있어 없어서는 안 될 보배였던 그년의 가랑이에도 욕을 퍼붓고 싶어진다.

형사놈이 통보한 일주일이 다 지나가는 동안, 나는 돈을 마련하지 않았다. 이번만큼은 나도 될 대로 되라는 심정이었다. 결혼식은 다음 주였다. 이것저것 준비할 게 많아서 바쁠 예정이었고, 당연히 바빠야 했다. 오후에 약혼녀와 호텔에 들러 뷔페 시식을 하기로 약속을 잡았다. 그 약속을 확인하는 간단한 통화를 아침에 한 것을 끝으로, 약혼녀와 연락이 되지 않았다.

그 간단한 통화, 늦지 않게 나오라는 내 말에 알았어요, 라고 대답한 그 간단한 통화가 그녀와의 마지막 통화가 될 줄은 정말 몰랐다.

오후가 되어도 전화는커녕 문자 한 통 오지 않고, 마침내 이른 퇴근 후 서둘러 호텔로 향하면서 내가 건 전화에도 착신음만 연속해서 들려올 뿐 그녀가 전화를 받지 않자 그제서야 불안감이 엄습해오기 시작했다. 가슴이 걷잡을 수 없이 뛰었다. 미리 호텔에 먼저 가 있을 거라고 생각하며 호텔로 향했다.

"저, 죄송하지만......."

매니저가 난처한 얼굴로 나를 맞이했다.

"대체 무슨 이유이신지 모르겠지만, 이렇게 갑자기 예약을 취소하시면, 저희 측에서도 손해가 막심해서⋯⋯위약금을⋯⋯"

"그게 무슨 말씀이십니까?"

"아까 두 시간 전에, 예약 취소하신다고 전화 오셨었어요."

"대체 누가요?"

젊은 매니저가 난처해하며 댄 이름은, 다름 아닌 예비 장인의 이름이었다. 그제서야 깨달았다. 뭔가 확실하게, 일이 잘못된 쪽으로 돌아가고 있었다.

터덜터덜 오피스텔로 돌아오는 동안 내내 갈짓자 걸음을 걸어야 했다. 온몸에서 식은땀이 비오듯 흘러내렸다. 억울하다, 억울하다는 그 말만을 집요하게 되풀이하며 어떻게 왔는지도 모르게 다음 주면 비워줘야 하는 오피스텔로 들어섰다. 내 지난 오년 간의 보금자리였다.

현관으로 들어선 순간, 침실 겸 옷방으로 쓰는 쪽방 문이 열려진 게 보였다. 뜻밖에도 모니터에 전원이 들어와 있었고 화면보호기가 켜져 있었다. 누군가가 컴퓨터를 켜 놓은 것이다. 도둑이라도 든 걸까. 아니면, 설마 그녀가 집에 와 있는 걸까. 만약 그렇다면, 그렇다면. 그냥 칼을 들고 차라리 날 죽여달라고, 잘못했다고 무조건 잘못했다고 빌어야겠다고 생각했다.

그러나 집 안에는 아무도 없었다. 도둑이라도 들었던 걸까. 어쨌든, 켜져 있는 컴퓨터를 끄려고 일단 마우스를 움직여 화면보호기를 껐다. 순간, 동영상 재생 프로그램이 열려 있는 것이 보였다. 맙소사.

나는 동영상 재생 플레이어의 재생 버튼을 눌렀다.



역시 예상대로였다.

격렬하게 움직이는 허리와 허리.

한순간이지만 선명하게 드러났다가 사라지는 나와 매정의 얼굴.

보는 사람들마다 '절라 꼴린다'고 극찬했던 내 예술작품.

지금은, 지금은 내 발등을 찍은 도끼가 된.

나의, 기소유예.

나의, 파란 오줌.

파란 오줌.

먹으면 파란 오줌이 나오는 약.

신경성신과.

자살.

자살.

자살.

설마, 또 자살한 건가?

설마하니, 그 형사 개자식이, 약속대로 돈을 안 줬다고, 기어이 그걸 꼬바른 건가?


그렇다 .

파혼에 따른 절차는 신속하고 정확하게, 그리고 별다른 말없이 진행되었다. 위약금은 부모님이 물었고 나도 일부를 부담했다. 예비 장모로부터 파혼하자는 전화가 한 통 걸려왔고, 그것으로 끝이었다. 그 전화를 받은 사람은 아버지였다.

어머니가 오래 우셨다. 내가 그 일로 해서 검찰에까지 출두하게 된 상황에서도, 침착하게 나를 다독이시며 괜찮을 거라고 하셨던 그 어머니가, 오래오래 소리없이 눈물을 흘리셨다. 그 모습을 보자 화가 났다. 왜 화가 나는 건지 알 수 없었다.

어머니는, 처음부터 끝까지 내가 뱅어포 놈의 농간에 놀아났다고 믿고 있었다. 물론, 내가 경찰에서 했던 진술을 액면 그대로 믿으셨던 거다.

이게 다 그 형사놈 때문이다.

그 형사 놈이 이런 식으로 앙갚음을 한 거다. 겨우 사백만원을 뜯어내지 못해서, 이런 식으로.

그리고, 앞으로도 이런 식으로 내 인생의 중요한 순간마다 끼어들며 매번 사백만원을 요구하겠지, 그 미소년같은 해맑은 얼굴로 환하게 웃으면서.

나의 판단력이 무서운 속도로 파괴되어 가고 있음을, 그 당시에는 미처 깨달을 겨를이 없었다. 다만, 이 모든 게 그 형사놈의 농간이라고 생각했을 뿐이다. 그 형사놈이, 내가 순순히 사백만원을 내놓지 않자 앙심을 품고 내 약혼녀에게 그 동영상을 보여 준 거다. 그렇게밖에는 생각할 수가 없었다.

그 가짜 형사 놈을 그냥 둘 수 없었다.

그 가짜 형사 놈을 죽여야 했다.

그 가짜 형사 놈을 죽이지 않으면, 결국은 내가 죽게 될 거라는 것을, 그 순간에 이르러서야 나는 똑똑히 깨닫고 있었던 것이다.


　　-시바 끝내주는 년하고 했었네. 개부럽.
　　-끝장을 봤네. 개부럽.
　　-우리를 시험에 들지 말게 하옵시고.


나의 예술작품을 극찬했던, 표현은 좀 더러웠으되 내용면에서는 분명한 감탄의 의미를 포함했던 그 댓글들에 도취했던 그 어줍잖은 순간들을 기억한다. 그 기억에, 오늘도 어김없이 들려오는 교회 앞 전도사의 주기도문 읊는 소리가 섞여든다. 무슨 이유에서인지 요 며칠 계속해서 주기도문을 읊는 저 빼빼 마른 전도사 옆에 오늘은 웬 여자가 서 있다. 마누라인가. 꽤 뚱뚱하지만 내 눈에는 풍만해 보인다. 안아보면 꽤 황홀할 것 같은데.

하지만, 모든 것은 단 한 가지가 끝난 후에 이루어져야 한다.

그 개뼈다귀만도 못한 형사 놈을 죽여야 한다. 그런 놈이야말로 진짜 사회악이다. 여자에게 이별을 통보받고 상처받은 자존심을 회복시키려고 동영상을 친구들과 공유했던 내 쪽이 아니다.

결단코 나는, 사회악이 아니다. 설령 뱅어포의 꾐에 넘어가 그걸 에스넷 쪽에 넘겼다고 해도, 그리고 그 댓가로 사백만원을 챙겼다고 해도 그건 그냥......실수다.

없어져야 하는 존재는 내가 아니다. 파괴당해야 하는 존재 또한 내가 아니다. 그리고 사실은, 그 가엾은 매정 또한 그렇게 죽어도 되는 존재는 아니었다. 그 정도는 알고 있다. 하지만, 누가 그렇게 죽으라고 시켰냔 말이다. 그래도, 그 매정이 죽어준 덕에 일체의 수사는 중지되었고, 사실상 거기에서 끝이 났다. 그러니까 그 매정은 죽음으로, 감히 내게 먼저 이별을 통보한 죄에 대한 벌을 스스로 받은 셈이다.

가만 있자, 주기도문, 그러니까 지금 나는 그 형사 놈을 어떻게 죽여야 할지를 궁리하면

서 이 길을 걷고 있는데, 저 빌어먹을 주기도
문 소리가 귓가를 떠나지 않는다. 그런데, 그
주기도문이 어떻게 이어지더라? 오늘날 우리
에게 일용할 양식을 주옵시고, 우리가 우리에
게 죄지은 자를 사하여 준 것과 같이? 그 다
음을 잘 모르겠다.

내가 파혼을 한 시점에서, 더 이상 형사놈
은 내게 연락을 해 오지 않고 있었다. 아마
어디에서인가는 돈을 융통했겠지. 그러나, 그
렇다고 해서 이게 끝일 리는 없다.

어쩌면 그 개자식의 목적이 돈이 아닐지도
모른다는 생각을, 그때까지 한 적이 없었다.
어쩌면 죽은 매정과 가까운 사람이고, 죽은
매정을 대신해서 내게 복수하려고 접근한 건
지도 모르겠다는 생각을 왜 이렇게 늦게 한
걸까. 만약 그런 거라면, 자세한 얘기 따위
들을 필요도 없이 당장 죽여야 한다.

완전범죄를 계획했었지만, 나는 치밀하지
못했다. 좀더 정확하게 말하자면, 치밀한 완
전범죄를 구상할 만큼 내 머리가 민첩하게 돌
아가주질 않았다고 하는 편이 맞겠다.

나로서는 오히려 다행스럽게도, 그 형사놈이 다시 내 앞에 나타났다. 파혼한 지 한 달쯤 되어가던 어느 날 그 작자는 태평스럽게도 회사의 로비 한쪽 구석에 기대서서 불을 붙이지 않은 담배를 입에 물고 으쓱대며 장난을 치고 있었다.

　　"너, 형사 아니지? 정체가 뭐야?"

　　"아니 왜 또 새삼스럽게 이런 질문을……"

　　가짜 형사놈은 능청맞게도 슬며시 웃어 보였다. 어째서였을까. 별 악의가 없어 보이는 그 웃음이 그렇게 소름끼치게 다가올 수가 없었다. 한순간 품었던 살기조차 사라질 정도로 그가 무서워졌지만, 나는 평정을 되찾으려고 애쓰며 반문했다.

　　"네 짓이지? 네가 그 여자한테 그 동영상 보내 준 거지? 그렇지?"

　　"그 여자라니요? 혹시 당신 약혼녀?"

　　"몰라서 물어?"

　　"아, 파혼하셨나요?"

　　"말이 심하시네? 죽고 싶으십니까?"

"무슨 그런 힘한 말씀을. 그러면, 그 여자라는 게 이제 전 약혼녀를 말씀하시는 건가 보네요? 아무리 파혼을 했어도 그렇지. 남이 됐다고 그렇게 남의 집 귀한 딸을 그렇게 '그 여자'라고 막 부르면 어떡합니까?"

"네가 나한테 그딴 말을 할 주제가 돼?"

"주제 얘긴 뭐 나중에 하고요. 우선, 삼가 애도를 표합니다. 아니 뭐 애도가 아니고 뭐라 하나? 유감? 아 맞다. 그래요. 유감입니다. 진짜로요. 그런데, 그걸 내가 그랬다는 증거가 어디 있어요?"

"지금 잡아떼는 거?"

"잡아떼는 게 아니라요. 내가 그럴 이유가 없잖아요. 앞으로 서너 번은 더 울궈먹을 수 있는데, 왜 그걸 미리 꼬발라서 이 좋은 찬스를 다 날리냐고요."

"내가 돈 더 못 주겠다고 해서, 앙심 품고 그년한테 동영상 보여준 거잖아?"

"거 자꾸 여성비하 표현 쓰지 맙시다. 요즘 그런 욕 하면 잡혀가요 언어폭력으로. 아무튼 말이죠. 그거 나 아니에요."

이 발칙한 자식이 자꾸 시치미를 떼는구나. 하지만 여기서 더 다그쳐봐야 내 입만 아파질

뿐이니까, 그냥 넘어가기로 한다. 적어도 이 순간만은 말이다. 곧 죽어 없어질 놈이니까.

"그래서, 오늘 온 용건은?"

"아직 회사 사람들, 정확한 건 모르고 있는 데 말이죠. 그 뭐라냐 그게 그러니까, 심증만 있지 물증은 없는 상태라고 하는 거요?"

아, 이 개자식이 이젠 회사를 걸고 넘어지 는구나 .

"역시, 사백만원?"

"아, 이번에는, 마지막이니까, 헤헤. 천만 원."

가짜 형사놈이 비굴하게 웃어 보였다. 예의 그 특유의 애교섞인 눈웃음까지 쳐 가면서. 나는, 언제 저 놈의 저 계집애같은 눈웃음에 익숙해진 걸까. 아주 냉정한 마음가짐을 하고, 해끄무레한 형사놈의 얼굴을 똑바로 노려보며, 그러나 그 눈웃음만큼은 피하려고 애쓰며 나 는 대답했다.

"드릴게요. 천만원."

"아니 뭐 새삼스럽게 다시 존댓말을 하시고? 그럴 필요 없는데. 아무튼 고맙습니다?"

"그런데 조건이 있어요."

"에이, 걱정 마요. 이젠 정말 안 찾아올 거니까."

"그게 아니고, 지난번에 은행 씨디기로 돈 입금하는데 너무 번거롭더라고요. 나는 바쁜데, 그 보이스피싱이다 뭐다 해서 자꾸 입금을 지연시키고 여러 번에 나눠해야 하고 하니까."

"아아, 그게 그렇죠. 참 요새 은행들 문제야 문제."

"그래서 말인데요. 그냥 현찰로 직접 드릴게요. 다음 주 토요일까지면 되죠?"


다행스럽게도, 마땅한 장소를 알고 있다.

백 프로 완전범죄를 보장해 줄 만한 장소는 아니다. 솔직히 말해서, 그런 장소를 찾기란 이 서울 바닥에서는 거의 불가능하다. 어딜 가도 사람들로 넘쳐나고, 여기라면 정말 사람이 없을 거라고 생각되는 곳에도 어딘가에서 한둘은 나타나곤 한다. 귀신보다 무서운 게 사람이라는 속담은 말 그대로 진리 그 자체다.

형사놈을 죽이고, 시체를 처리할 도구를 장만하는 동안, 나는 나를 떠나간 세 여자들을 떠올리며 울었다. 두 여자가 아니고 세 여자인 이유는 간단하다. 회사 신입사원 계집애에게 어느 새 마음을 빼앗겨버린 것이다. 하지만, 이제 곧 지방으로 발령받아 내려가고 나면, 그 계집애와는 싫어도 안녕이다. 적어도 당분간만은, 그 전에 전화번호만이라도 따야 하는데.

사람은 희망으로 살아가는 동물이다.

그 매정이 때문에 경찰서를 들락거리고 검찰 출두 통보를 받았을 때만 해도, 이렇게 또 다시 새로운 여자를 꿈꾸게 되리라고 생각이나 했었던가. 그러고 보니, 전 약혼녀였던 그녀와의 짧지만 굵었던 연애 기간과 속전속결로 이루어진 약혼이며 결혼, 그리고 파혼에 이르기까지의 그 동분서주했던 기간들이 꿈만 같이 느껴진다. 어쩌면 꿈이 아닐 수도 있었는데, 매정이와 뱅어포와 몹쓸 형사놈 덕분에 물거품같은 꿈으로 남고 말았다.

오늘은 그 매정이년이 잘 먹던 오향족발을 포장해서 소주와 함께 들고 들어와야겠다고 생각하며 집을 나섰다. 오피스텔을 정리한 지금, 나는 임시로 얻은 반지하방에서 기거하고 있었지만, 원래 살던 동네와는 별로 멀지 않아서, 오며가며 주기도문을 읊는 전도사가 서 있는 교회를 볼 수 있었다. 그런데 오늘은 그 빼빼마른 전도사 대신, 그 와이프로 추정되는 중년 여자가 확성기까지 들고 쩌렁쩌렁 성경 구절을 떠들어대며 예수천당 불신지옥을 외치는 중이다. 저거 아무래도 민원 들어올 것 같다고 생각하며 길모퉁이를 돌다가, 문득 주기도문 전문이 궁금해져서 스마트폰을 꺼내 키워드로 '주기도문'을 검색했다. 어렵지 않게 찾은 주기도문을 읽어가던 내 눈에 바로 내가 외우지 못해 헷갈려했던 그 구절이 들어왔다.


　**우리가 우리에게 죄 지은 자를 사하여 준 것과 같이 우리의 죄를 사하여 주옵시고**


　이게 무슨 개풀 뜯는 소리인가?
　이게 무슨 말인지를 이해하지 못해서, 스마트폰을 닫고 다시 족발을 사러 길을 걸어가는 중에도 한참을 생각해야 했다. 그러니까, 매정이가 나한테 이별 통보를 했다 한들 내가 매정이를 용서했다면, 신 또한 나를 용서했을 거라고? 아니 내가 뭘 잘못했는데? 매정이와 나는 깨끗하게 결별했다. 그 문제의 동영상 건으로 매정이가 고소해 오지 않았다면, 우리는 아무 일 없었던 남남으로 각자 잘 살아갈 수 있었다. 모르는 사람들한테 낯 좀 팔리고 지저분한 소리 좀 듣고 했다고 그걸 고소까지 할 것은 없었잖은가? 그러니까 나는 죄가 없는 거다. 그런데 애초에 짓지도 않은 죄를 신이 왜 용서한단 말인가? 뭘 용서한단 말인가?

이런 엉터리가 어디 있나, 하고 속으로 뇌까렸다.

하지만 어쩐지 엉터리라고만 치부하고 넘어가기에는, 뭔가 찜찜하고 석연찮은 구석이 있는 문장인 것은 어쩔 수 없었다. 더구나, 내 인생의 중차대한 계획을 실행하려는 지금에 와서는 더더욱 석연치 않고 찜찜한 문장이었다. 나는 내게 중대한 범죄를 저지른, 나를 피해자로 만든 가해자인 그 가짜 형사놈을 결코 용서할 수가 없었다. 신이 나를 용서할 지는 둘째 문제고, 신을 만나면 나는 내가 대체 뭘 잘못했냐고 따져물을 거다.

서울에서는 마땅한 장소를 찾기 힘들지만, 조금 더 아래쪽인 부천이나 시흥, 안산 쪽이라면 얘기가 다르다. 형사놈은 그렇게 멀리 떨어진 데서 만나자는 내 제의에 이상하게도 별다른 토를 달지 않고 순순히 응했다. 아마 어지간히 돈이 궁했던 모양이다.

　죽이는 건 문제가 아닌데, 시체를 어떻게 처리해야 할지 골치 아팠다. 일단 화성 부근까지 내려가면 야산이 많고, 그 어딘가에 파묻으면 될 거라고 생각하는데 아무에게도 안 들킬 수 있을지는 장담할 수 없었다. 가급적이면 칼을 쓰지 말아야겠다고 생각했다. 지저분하고 사나운 꼴을 보는 건 괜찮지만 수습이 힘들어지니까. 목을 조르는 편이 깔끔하긴 할 터였다.

　전직 형사라고는 하지만, 그다지 힘이 세 보이는 놈이 아니다. 사실은 발 밑으로 기어다니는 개미 한 마리도 못 죽이게 생긴 작자다. 그렇게 힘들지는 않을 것이다.

형사놈을 속일 수단이 필요해서, 일단 이동용 노트북 가방에 종이를 잔뜩 집어넣고 맨 위에 양면 벨크로를 둘러 묶은 몇 개의 지폐 다발을 대충 올린 후 동영상을 찍었다. 누가 봐도 가방 전체가 돈으로 차 있다고 착각할 만한 비주얼이었다. 설령 가방 안에 든 게 돈뿐만이 아니고 다른 뭔가가 들어 있다 한들, 당장 눈에 보이는 지폐 다발만 집어간다 해도 손해는 없을 터였다. 물론, 목숨과 맞바꾸기에는 형편없이 적은 노잣돈일 거라는 건 인정한다.

드디어 만반의 준비를 마치고, 차에 올라 시동을 걸려 하는데 약한 진동음이 울렸다. 폰을 여니 카톡 알림이 와 있었다. 사실 카톡을 다시 깐 지는 얼마되지 않았다. 죽은 매정이의 친구년들이 걸핏하면 어떻게 알았는지 육두문자를 날려 오는 게 짜증나서 한동안 카톡을 지우고 쓰지 않다가 약혼할 무렵쯤 해서 카톡을 다시 깔았었다.

–안녕? 날 잊은 건 아니지?

맙소사, 카톡으로 보내온 이미지 속에서 죽은 매정이의 활짝 웃는 얼굴이 나를 보고 있었다. 일순 질겁을 한 나는 서둘러 발신인을 확인했다. 모르는 사람이다.

　-너 인생 참 쉽게 산다?

　아, 그제서야 카톡을 보낸 이가 누구인지 짐작이 간다. C년이다.

　-걔를 그렇게 보내놓고, 네가 발 뻗고 편히 자면 안 되지?

　다시 매정이의 다른 사진이 올라왔다. 나와 함께 얼굴을 맞대고 웃는 사진이다.

　-우리 이제 어디서든 함께하자? 사랑해?

　아나 시바 이런 미친 상잡것을 봤나. 나는 전원 버튼을 눌러 아예 폰을 꺼 버렸다. 그리고는 서둘러 시동을 걸었다.


　-우리가 우리에게 죄 지은 자를 사하여 준 것과 같이 우리의 죄를 사하여 주옵시고, 시험에 들게 하지 마옵시고, 다만 악에서 구하옵소서.

　오늘 아침, 미리 휴가를 내 둔 덕에 출근하지 않고 아침부터 그 교회가 보이는 길을 따라 걸어내려갔다가 걸어올라오던 길에, 나는 문제의 빼빼마른 남자 전도사가 보이는 것을 보고 반가운 마음에 그만 길을 멈춰섰다. 그는, 예의 그 익숙한 목소리로, 낭랑하게 내가 익히 아는 그 주기도문을 읊었고, 나는 모처럼 평온한 기분으로 그 주기도문을 끝까지 경청했다. 잔돈푼이라도 있었으면 손에 쥐어 주고픈 심정이었지만, 안타깝게도 그때 내 주머니에는 카드밖에 없었다. 마침내 천천히 다시 발을 옮기는 나를 그가 뒤에서 불러 세웠다. 잠깐만요.

무표정한 얼굴로 그가 내민 것을 받아든 순간, 그야말로 소스라칠 뻔했다. 팜플렛과 물티슈였다. 팜플렛에는 매정이의 얼굴이 그려져 있었고, 물티슈에는 매정이와 함께 들어갔던 모텔의 로고가 찍혀 있었다. 믿기지가 않아서 눈을 비비고 다시 팜플렛과 물티슈를 들여다보았다. 다행히도, 팜플렛에는 커다란 교회의 십자가 아래 활짝 웃고 있는 젊은 남녀의 사진이 박혀 있었다. 그 사진 속의 여자가 어지간히도 매정이와 닮아 보였던 거다.

하지만 물티슈는,

물티슈는, 매정이와 모텔에서 그 짓을 하는 동안 매정이가 자주 쓰던 것을 생각나게 하는 그런 물티슈였다. 핑크색 포장, 얇은 두께의 고급진 느낌을 주던 그 물티슈는 과연 여자들이 좋아할 만한 아기자기한 물건이라고 생각했던 기억이 난다. 섹스를 하고 나서 피로에 지쳐 축 늘어져 있는 동안 멍청해진 내 눈에 한없이 박혀 들어오던 그 물티슈의 비닐 케이스. 살구색이 감도는, 눈부시도록 상큼한 핑크색.

사실은, 이따위 형편없는 것들을 떠올리고 싶지는 않았다. 조금은 더 황홀한 것, 조금쯤은 더 즐거운 것을 떠올리고 싶었다. 이를테면, 내가 내 물건을 집어넣었던 그 구멍……그러나, 그 구멍에 대한 기억의 끝에는 반드시, 빌어먹을, 경찰이 있다. 수사 이쯤에서 종결해야 될 것 같습니다. 그 여자분, 자살하셨어요.

나는 자살하라고 한 적이 없다. 뱅어포가 내게 매정이와의 성관계 동영상을 찍으라고 시킨 적이 없는 것과 마찬가지로 말이다. 그러니까……그때 그 순간, 내 가슴 속을 잠깐 스쳐갔던 그 육중한 덩어리는, 두말할 것 없이 죄책감이었다. 인정하기는 싫지만, 그랬다.

한순간이지만 죄책감이라는 게 가슴 속을 내리누르고 지나가긴 했었던 것이다.

그리고 그날 이후, 나는 내내 안심하고 살아왔다. 그때 느낀 안도감, 죄책감 뒤에 따라붙은 안도감만을 기억하면서.

차를 몰고 국도를 달려 시흥으로 내려가는 동안, 그 짜가리 형사놈이 죽은 매정과 뭔가 연관이 있는 놈이라는 내 직감은 거의 확신으로 굳어졌다. 사백만원. 그는 내가 내 예술작품을 뺑어포란 놈에게 넘긴 댓가로 놈으로부터 받은 돈의 액수를 정확히 알고 있다. 그리고 딱 그만큼의 돈을, 지치지도 않고 요구하다가 이제는 대놓고 '천만'을 들먹인다. 그 돈을 주지 않는다는 이유로 내 약혼녀에게 모든 사실을 알리고 내 인생을 개박살낸 그 놈은 아마 돈을 받으러 오면서 해사한 웃음을 짓고 있을 것이다.

복수인가? 자살한 것에 대한? 내가 죽였나? 내가 찾아가서 칼로 찌른 것도 아닌데? 그깟 쓰레기들이 온라인에 싸질러놓은 댓글이 뭐라고 그런 걸 가지고 사람을 고소하고 경찰서로 오라가라 하게 하고 심지어 검찰 조사까지 받게 하고. 물론 화가 나긴 했겠지. 그러게, 누가 뻔뻔스럽게 나를 걷어차라고 했나? 분명히 다른 사내놈이 생겼을 게 뻔하다. 그게 바로 서 짜가리 형사, 아니 형사를 사칭하는 저 기생오래비 같은 발칙한 사기꾼놈인 거다. 그렇게밖에 생각할 수가 없다.

그렇다고는 해도, 살인을 저지르자니 좀 망설이게 되는 부분은 없잖아 있었다. 그러나, 사람이 살면서 살인을 저지르게 만드는 눈빛이라는 게 분명히 존재한다는 걸, 사람에게 최면을 거는 눈빛이 존재한다는 걸, 나는 그날 깨닫게 된다. 내 인생이 완벽하게 끝장났다는 걸 깨닫고 만 그날 밤에.


굳이 그럴 필요는 없다고 생각하면서도, 약간 길을 우회했다. 그러는 통에 당초 생각했던 것보다 시간이 더 걸렸다. 하지만 상관없었다. 미리 가서 현장 상황을 점검해 놓을 필요는 있었으니까. 정부가 토지매입을 앞두고 개발제한구역으로 지정해 놓은 땅. 주위에 CCTV는 단 한 대도 없다. 낡은 타이어와 염화비닐 등 쓰레기 부자재가 어지럽게 쌓인 폐차장 뒷마당을 그 시간에 일부러 들어올 사람은 없다. 시신을 버릴 장소는 근처에 널리고 널렸다.

여자란 알다가도 모를 동물이라고 생각한다. 솔직히 말해서, 나도 내가 잘한 게 없다는 건 알지만, 그런 것과는 별도로, 여자들에게는 근본적으로 도저히 이해할 수 없는 부분이 도사리고 있어서 접근할래야 접근할 수가 없다. 죽은 매정이도 그렇지만, 내 약혼녀라는 여자. 네가 사람이냐고 울며불며 대들고 달려들던 매정이의 친구년들과는 달리 모든 걸 알아버린 그 순간 그녀는 내 앞에서 연기처럼 사라졌다. 사실은, 악착같이 찾아가 뭔가 해명을 하고 싶었지만, 휴대폰의 전원이 꺼져 있다는 그 멘트를 듣는 순간 이미 다시 그녀를 만날 수 없으리라는 사실을 깨닫고 있었다. 아마도 휴대폰의 번호를 바꾸었을 테고, 어느 누구도 내 전화를 받지 않는 걸로 봐서는 그녀의 지인들 또한 한결같이 내 번호를 차단했으리라. 잠깐이지만, 미쳐버릴 것처럼 혈압이 올랐다. 끝내준다고, 죽여준다고, 웹하드 백사십메가 짜리 구멍에 박아보고 싶다고 올라온 댓글을 보며 히죽거리던 그 순간만큼은 적어도 누군가와 소통한다는 일말의 해방감이라도 있었건만. 나는, 차라리 내 약혼녀가 눈물을 질질짜며 네가 인간이냐고 내게 달려들어 나를 쥐어뜯기를 바랐다. 그렇다. 나는 나보다 약한 존재가 내 앞에서 자신의 나약함을 마음껏 드러내 보이는 그 순간을 정말 미치게 좋아한다. 그러니까, 매정이년이 자살해줘서 다행이라고 했던 것은 그런 뜻이다.

　－그런 좋은 집안과 사돈을 맺을 수 있었는데.

　며칠을 질질 짜고 난 엄마가 눈물을 닦으며 중얼거리던 그 말을 들은 순간, 나는 그 짜가리 형사놈을 반드시 죽여야겠다고 결심했다. 어젯밤, 새로 이사한 반지하방에서 이삿짐을 정리하던 내게 한 통의 전화가 걸려왔다. 엄마였다. 그 여자애, 죽었니? 순간 무슨 말을 하는 건지 알 수 없어서 잠시 뜸을 들렸다. 누구 말이야? 그 여자애, 그때 그 애 말이야. 자살했니? 아, 엄마는 모르고 있었다. 지금까지도. 매정이 년이 자살했다는 걸. 내가 침묵을 지키는 동안의 엄마의 억양 없는 목소리가 다시 들려왔다. 너 왜 말 안했어? 그걸 왜 얘기해? 냅다 고함을 지르고 싶었지만, 이상하게도 내 목소리는 어디론가 기어들어간다. 한참을 이어지는 침묵.

　-벌받았네.

　그 말을 끝으로 엄마는 전화를 끊으셨다. 벌을 받다니 대체 누가? 매정이년이? 아니면 내가? 나도 모르겠다.

　짜가리 형사놈이 나타나기를 기다리면서, 아니 차라리 그 놈이 나타나 주지 않기를 기다리면서 나는 나도 모르게 주기도문을 외우고 있었다. 하늘에 계신 우리 아버지, 이름을 거룩하게 하옵시며, 나라에 임하옵시며, 그 뜻이 하늘에 이루어진 바와 같이 땅에서도.....


　네 개째의 담배 꽁초를 바닥에 내던져 발로 비벼 끈 후에야 그 망할 개자식이 나타났다. 뭘 믿고 이 으슥한 장소에 아무런 의심 없이 저렇게 무방비 상태로 나타난 건지, 정말 전직 형사였던 놈이 맞나 싶었다. 야구 모자를 눌러 쓴 머리 아래로 드러난 목에 꽤 길게 자란 머리카락이 마치 요즘 잘나가는 아이돌들의 유행하는 헤어스타일처럼 자리잡고 있었다.

"아니 뭐, 이렇게까지 은밀하게 안 주셔도 되는데, 너무 조심성이 많으신 거 아닙니까?"

나를 본 그는 예의 그 해맑은 얼굴로 헤실헤실 웃으며 넉살좋게 지껄였다. 네가 조심성이 너무 없는 거 아니냐고 되쏘아주고 싶었지만, 꾹 참고 나는 가져온 가방을 그에게 건넸다. 만약 그가 가방을 주도면밀하게 뒤져 위에 깔아놓은 돈 아래 종이가 채워진 걸 발견한다 해도 문제될 것은 아무것도 없다. 나는 쟈켓 안에 감춘 망치와 칼의 단단한 감촉을 확인하며 그의 행동을 주시했다. 그는 가방을 슬쩍 열어 위에 깔린 돈을 확인한 후, 이내 가방을 도로 닫고는 서둘러 몸을 돌리며 고개만 내 쪽으로 돌리고는 손을 들어 보였다.

"역시 이번에도 실망시키지 않으시네요. 감사합니다. 제가 좀 바빠서요. 그럼 이만……"

"가긴 어딜 가?"

"네?"

"가긴 어딜 가냐고."

"제가 바쁘다니까요?"

"그래서?"

"제 번호 아시죠? 다음에 또 연락드릴 테니까. 하실 말씀이 있으시면 그때 하셔도 되는......"

"난 지금 해야 할 말이 있어서."

"그러니까 제가 지금 좀 급하다니까요. 말씀드렸잖아요."

"나도 급해. 잠깐만 시간 좀 내 줘."

"에이 진짜. 나 가야 된다고! 할 말 없다고! 나중에 얘기......"


서둘러 몸을 돌려 도망치는 그 자의 머리를 망치로 내려치는 그 작업이, 그렇게 허무하리만치 쉬울 줄은 정말 몰랐다.

얼떨결에 머리를 맞은 그 작자는, 아마도 충격보다는 놀라움 때문에 잠시 비틀거렸을 법하다. 그리고 나는, 그 자가 정신을 차릴 여유를 주지 않고, 두 번, 세 번, 네 번, 다섯 번을 연달아 망치로 가격했다. 완전히 기절했는지, 아니면 그 자리에서 즉사했는지 모를 그 자를 찍어 누른 후 목을 조른 상태로 나는 한참이나 그 자리에서 움직이지 않았다. 그

자의 목을 누른 내 손에 나의 모든 에너지를 집중시킨 채로. 그러면서 계속해서 주기도문을 외웠던 것 같다. 우리가 우리에게 죄를 저지른 자를 사하여 준 것과 같이 우리의 죄를 사하여 주옵시고. 우리를 시험에 들게 하지 마옵시고.


─하늘에 계신 아버지, 이름을 거룩하게 하옵시며, 나라에 임하옵시며, 그 뜻이 하늘에서 이루어진 바와 같이 땅에서도……

마침내 내가 그 자리에서 일어섰을 때, 그자의 숨이 끊어졌음을 일부러 확인할 필요는 없다는 건 너무나도 분명한 사실이었다.

피가 낭자한 시신을 옮기지 않아도 된다는 건 행운이었다. 그 행운에 적이 안도감을 느끼며, 시신을 차의 트렁크에 실은 후 가방을 비롯한 모든 도구들을 수습해 그 자리를 떴다. 모든 것이 너무나도 쉽게 처리되었다. 너 인생 참 쉽게 산다던 매정이년 친구의 말을 떠올리며, 나는 피식 웃었다.

살인이 이렇게 간단하고도 허무한 것이라고는 미처 생각해 본 적이 없었다. 하지만, 사람으로 하여금 살인을 저지르게 하는 눈빛이 분명히 존재한다는 걸, 그 형사놈의 눈빛으로 인해서 알게 되었다. 그렇다. 나는 바삐 도망치는 그 형사놈의 머리를 망치로 내려치기에 앞서, 그 형사놈에게 분명한 사실을 확인하려고 했다.

"너, 매정이 남친이었지, 맞지? 사실대로 말해."

"아 진짜, 지금 그걸 여기서 묻고 있는 거예요?"

"넌 매정이랑 사귀었던 놈이야. 확실해. 나랑 사귀기 전이었는지 아니면 사귀는 동안이었는지 그것도 아니면 헤어진 뒤에 만난 놈인지는 모르겠지만, 넌 분명히 어떤 식으로든 매정이하고 관계가 있었던 놈이야. 내 말이 맞지?"

"소설 쓰시네. 이제 보니 사이코잖아? 그래서, 사귀는 동안 바람 피웠다고 의심해서 그런 짓을 한 거였어요?"

"그런 짓?"

"솔직히, 사람 할 짓 아니잖아요 그거?"

"뭐?"

"아 몰라요. 난 그 여자 모른다고요. 그리고, 낵의 파혼은 좀 안 되긴 했는데, 그것도 난 아무짓도 안했어요. 그러니까, 나 바쁘니까 이제 그만 좀 갑시다. 이제 오해는 풀렸을 테니까."

"시바 거기 못 서?"

거의 도망치듯 바삐 걸어가는 그 작자를 뒤쫓으며 내가 소리쳤다.

"너 매정이 때문에 복수하려고 이런 짓 하는 거, 내가 모를 줄 알아?"

바로 그 순간이었다.

멈춰서서, 고개를 돌려 나를 보는 그 작자의 그 눈빛이, 내가 살인을 저지를 용기를 준 거다. 그 눈빛, 말로 표현할 길 없는 혐오를 담은 그 눈빛. 마치 정신병자를 보는 듯한, 그 묘한 연민이 깃든 눈빛에는, 이상하게도 분노한 기색은 보이지 않았다. 그러니까, 나는 그 자를 화나게 하지는 못했던 것이다. 그 자의 목적은 다만 돈이었을 뿐이었고, 그 돈을 챙긴 후에는 서둘러서 나라는 존재로부터 도망치고 싶어했다. 벌레만도 못한, 아주 역겹고도 더러운 존재로부터 도망치고 싶어하듯

이, 그렇게 도망치고 싶어했다. 그래서 서둘러 도망치려 했던 거다.

그러나 도망치게 둘 수는 없었다.

그래서, 그 작자의 머리를 망치로 가격했다.

아니, 가격할 수 있었다,고 하는 게 맞겠다. 처음이 어려울 뿐, 그 다음은 결코 어렵지 않다. 결코 어렵지 않다. 결코.


서둘러 모든 것을 수습한 후 나는 서울로 돌아왔다.

현재의 내 보금자리인 반지하방에 안착한 후, 모든 것이 꿈이었다고 여겨질 만큼 아득한 시간이 흘렀다고 여겨진 후에(실제로는 약거의 하루 반 정도였다) 나는, 죄책감이 아닌 어떤 다른 감정이 나 자신을 사로잡는 것을 느꼈다. 지금까지 느껴 본 적이 없는 감정, 죄책감도 성가신 감정도 아닌 전혀 다른 감정, 공포에 가깝기는 하지만, 완벽한 공포라고도 단정지을 수 없는 어떤 감정.

심한 스트레스 때문이었을까. 이름도 잘 알 수 없는 약을 몇 개나 먹고 잠들었다가 깨어난 후, 변기에 눈 오줌은 놀랍게도, 파란색이었다. 몇 번이나 눈을 씻고 변기 속을 들여다보았지만, 몇 번을 봐도 색깔은 똑같았다. 파란 오줌. 등골이 쭈뼛하게 섰다.

그날 밤, 나는 한숨도 자지 못했다.

이런 식으로, 내가 살인자가 되어 버릴 줄은 몰랐다. 결단코 몰랐다. 이건, 매정이 년이 자살한 것과는 전혀 다른 문제이다. 그래, 열번 백번 양보해서 매정이 년이 자살한 책임이 내게 있다 해도, 정황상 법은 절대 내게 책임을 지우지 못한다. 하지만 그 짜가리 형사놈의 건은 다르다. 만약 시신이 발견되면, 그 다음에 일어날 일은 나도 수습하지 못한다.

사실상 내 인생을 망쳐버리고 말았다는 생각을 애써 머릿속에서 지우기 위해, 최대한 일상에 충실하려고 노력했다. 시간이 내 편이기를 간절히 바랐고, 다행히 시간은, 겉으로는 최선을 다해 내 편을 들고 있는 것처럼 보였다. 더는 나를 찾아와 매정이년 사건을 언급하거나 나를 협박하며 돈을 요구하는 작자들이 없었다.

약 한 달 가량이 지나, 시흥에서 화성 쪽으로 넘어가는 어느 시골길의 저수지에서 마침내 시신이 발견되었다. 분명히 잘 가라앉았을 거라고 생각했는데, 어이없게도 수면 위로 떠올라 버렸다. 경찰은 수사에 착수했고, 그렇게 주도면밀하지 못했던 나의 범행은 결국 들통이 났다. CCTV가 설치되어 있지 않은 곳이라고 생각했는데, 경찰은 어디에서 났는지 나의 범행이 찍힌 움직일 수 없는 증거를 가지고 있었다.

당연한 얘기지만, 내가 저지른 사건과, 그 사건의 발단이 된 오래 전의 다른 사건은 삽시간에 매스컴을 뜨겁게 달구며 일파만파로 퍼져나갔다. 경찰의 수사를 받는 것은 어렵지 않았다. 경찰은 과거에 내가 저질렀던 일과, 그 일로 인해서 협박을 받다가 파혼을 당하고 복수심 때문에 그랬다는 내 말에 이렇다 할 별다른 추궁을 하지 않았다.

웬만하면, 여기에서 내 얘기를 끝내고 싶다. 하지만, 끝내기 전에, 내 인생이 어쩌다가 이런 엿같은 시궁창에 빠졌는지를 확실하게 알게 해 준 한 사람에 대해 얘기해야겠다. 바로 다름아닌, 죽은 매정이년의 친구 C였다. C는

꽃무늬가 얼룩덜룩한 원피스를 걸쳐 입고 눈두덩을 얻어맞은 사람마냥 파랗게 칠한 눈을 하고 나를 찾아와 히죽히죽 웃었다. 내가 유치장에 잠시 갇혀 있는 동안, 단 30분간의 시간이 주어진 상태에서였다.

"내가 여기 왜 왔는지 궁금하지?"

"……"

"사실은, 수사반장님이 너한테 직접 얘기해 주겠다고 하시는 걸 내가 우겨서 대신 말해 주겠다고 했지. 감옥에 가더라도, 사실은 알고 가야 할 거 아냐?"

"사실?"

"그래, 사실. 네가 모르는 사실."

"……"

"네 약혼녀한테 그 동영상 보여 준 거, 사실은 나야. 네가 죽인 그 사람이 아니고."

"뭐?"

"그리고 있잖아. 네 약혼녀, 그거 때문에 파혼한 거 아니야. 내가 그 동영상 보여주기 전부터, 어떻게 알게 되었는지는 모르겠지만, 너에 대해서 이미 다 알고 있더라? 처음에 알았을 때 곧바로 파혼하려고 하다가, 네가 어떤 놈인지 궁금해서 좀 더 연기를 하면서 시간을 끌었던 거야. 몰랐지? 표정 보니까, 몰랐던 거 맞네."

"……"

"그러니까 네가 죽인 그 사람, 전직 형사였던 그 남자 말이야. 매정이나 나하고는 아무 관계없는 사람이야. 그냥 너 검찰이랑 경찰서 들락거릴 때 면발치에서 너 몇 번 봐서 그 사건 알고 있기는 있었던 모양이더라. 그런데 요번에 경찰이 네가 저지른 이번 사건 수사하다가, 재미있는 사실을 알아냈네?"

"……"

"네가 죽인 그 남자 말이야. 그 사람도 누군가의 사주를 받고 너한테 돈을 뜯어간 거였더라고? 그러니까, 네가 죽인 남자는 그냥 똘마니였을 뿐이고, 사실은 네가 몰랐던 주동자가 하나 더 있었던 거지. 매정이 동영상 유출한 거, 뱅어포가 뒤집어썼지만 사실은 네가 주동자였던 것처럼 말이야."

"그게 누군데?"

"알고 싶어?"

"시바 그게 누구냐고!"

"경찰이 널 왜 이렇게 쉽게 잡았는지 궁금하지 않았어? 네가 그놈 죽이던 날, 그날 거기까지 그놈 혼자 갔을 거라고 생각한 거야? 다른 누가 같이 가서 다 목격했을 거라는 생각, 안 해봤어?"

아, 시바. 머리가 뱅글뱅글 돈다. 빌어먹을 그 주기도문을 외우던 빼빼 마른 전도사의 목소리가 들려온다. 오늘날 우리가 죄 지은 자를 사한 것과 같이, 우리의 죄를 사하여 주옵시고, 우리를 시험에 들게 하옵시고......우리를 시험에 들게 하옵시고, 아니 우리를 시험에 들지 말게 하옵시고.

아 시바.

"제삼자 시켜 너한테 가서 너 협박해서 돈 뜯어오라고 시킨 사람, 그리고 네가 살인을 저지르는 걸 다 지켜보고 나서 경찰에 신고한 사람. 그러니까 그 사람이 네가 아는 사람인데......가만 있자 이름이 뭐였더라? 아 맞다. 김XX."

그 순간, 내가 어떤 표정을 지었는지 나는 알지 못한다. 그 이름을 들은 내가 그 이름을 말한 그 썩을 년의 주둥이를 어떤 눈빛으로 노려보았는지 나는 전혀 모른다. 그것은, 그것은 다름아닌 김부장의 이름이었다. 마지막까지 내 편이라고 생각했던 김부장.

"그 김이라는 사람이, 너한테 가서 말 좀 해주라고 나한테 부탁해 오더라고. 참 그리고 이 말도 꼭 전해 달라더라. 네가 어떻게 생각하든 간에, 자기는 법적으로는 아무런 처벌도 받지 않게 되어 있으니까, 섣불리 자기를 법적으로 걸어넣을 생각일랑 아예 접는 게 좋을 거라고. 이제는 네 말 믿어줄 사람도 없는 이상 더더욱 자기를 법적으로 처벌하지 못할 거라고. 그리고 자기는 끝까지 네 편이고, 미안하다고 전해달래. 참, 그리고 혹시라도 억울하거나 분하다거나 죄책감이 든다거나 해도, 자살 같은 건 하지 말라네? 참 별 걱정을 다한다니까. 감옥에서 무슨 자살 같은 걸 할 수 있을 거라고. 자, 그럼 난 할말 다 전했으니까, 그만 간다."

## 후기

얼마 전 그런 말을 들었다. 화가 난다고 아무데서나 그 화를 분출하는 사람은 대소변이 마렵다고 아무데서나 볼일을 보는 사람과 다를 바가 없다고.

그 말이 맞다는 데는 지금도 동의한다.

하지만 조금만 비틀어 생각해 보면 그 말은 전적으로 맞는 말이라고는 할 수 없다. 화장실이 없다면, 화장실이라는 곳이 존재하지 않는다면 결국 인간은 어디에서건 대소변을 볼 수밖에 없다. 때와 장소를 가리지 않고. 그런 의미에서 이 책은 체면을 따지지 않는 분노의 배출이 가능하다는 그 '배출구'로서의 화장실과 다를 바 없는 소설집이다. 추하고 냄새나는 글들로 이루어진 책이지만, 아름다움으로 포장하지 않았기에 더욱더 허심탄회한 심정으로 전할 수 있으리라 생각한다. 한 인간의 아름다움이 자리잡은 곳을 모르기에, 한 인간의 추악함이 자리잡은 곳 또한 찾아낼 수 없음을 우리는 안다. 어쩌면 인간의 추악함은 그 어떤 예리한 눈으로도 읽어낼 수 없는 영역에 검은 뱀처럼 조용히 또아리를 틀고 웅크리고 있는 게 아닌가.

 이 책은 결국 이런 사유를 모태로 탄생한 작품집이다. 그 중에서도 표제작 〈흑사〉는 **미셸 공드리**와 **찰리 카우프만**의 영화 〈**이터널 선샤인**〉을 모티브로 재해석을 시도한 작품임을 이 자리를 빌어 밝혀둔다. 이 자리를 빌어 〈흑사〉의 모티브를 제공한 두 거장에게 무한한 찬사와 경의를 표한다. 그런 의미에서 이 책은 내게 있어 반드시 만들고 싶었던 책이었으며, 또한 반드시 만들어야 할 책이기도 했다.


2022년 8월
Kalsavina